ベリーズ文庫

旦那様は懐妊初夜をご所望です
～ワケあり夫婦なので子作りするとは聞いていません～

真彩 -mahya-

STARTS
スターツ出版株式会社

目次

特別書き下ろし番外編

旦那様は懐妊初夜をご所望です
～ワケあり夫婦なので子作りするとは聞いていません～

記憶喪失

「もっと楽にしろ。なにも怖くはない」

深いキスをしたあとで囁《ささや》いた彼の手が、私の胸の膨らみを包み込む。

敏感な部分に刺激を受け、思わず声が漏れた。

私の反応に気をよくしたのか、彼は舌と唇でさらなる刺激を私に与える。

大きな手。繊細な指先。器用な舌。

ぼんやりしたオレンジ色の明かりを背負った彼は、私の夫。

覆いかぶさる素肌のなめらかさ、彼の体温、指の感触は、もうよく知っているもののはずなのに。

私の身体は、すべてが初めてのように初心《うぶ》な反応を示す。

「……っ、ねえっ、本当に私、いつもあなたとこんな風にしてた……？」

思い出せない。

夫である彼と出会ったときのこと、何度も抱かれたはずの夜も。

「余計なことを考えるな。今はただ、俺を感じていろ」

彼は自らの唇で、私の質問を封じた。

指先で慣らされた場所に、彼の熱が押しつけられる。まったく知らない感覚に腰が引けた。

「待って……」

未経験の少女でもないのに、無意識に肩を押し返してしまった。

涙の膜が張った目をまばたきさせて見えたのは、彼の切なそうな顔だった。

その瞬間、胸に罪悪感が押し寄せる。

彼が強引なのではない。私が、夫である彼を忘れてしまったのがいけないんだ。だからそんなに悲しそうな顔をしないで。

「あ、あの……ごめんなさい。大丈夫だから……」

そのあとに続く言葉は恥ずかしくて言えなかった。

彼は返事の代わりに軽くうなずくと、ゆっくりと時間をかけて、私の中に侵入を果たした。

久しぶりだからか、私の身体は初めて彼を受け入れるかのような痛みを覚える。が、すぐにそれは遠ざかっていった。

彼と過ごしてきた日々を思い出せない罪悪感も、初めてすべてをさらけ出しているような不安も、彼に揺さぶられるうちに溶けて消えていく。
代わりに、彼への愛しさが次から次に目尻から溢れて、頬を滑り落ちていった。
私は強く彼の背中に回した手に力をこめる。
ねえ、私の旦那様。あなたのことを忘れたりして、私は悪い妻だね。

＊　＊　＊

私は記憶をなくしました。

＊　＊　＊

まぶたが自然に開いた。飛び込んできたのは眩《まぶ》しい光。
――私、寝ていたのかな。
まばたきして横を見ると、なぜか母が私をのぞき込むように座っていた。
視線が合うと、母は「あっ」と大きく口を開ける。そして慌てたように立ち上がり、
背後にあるドアから出ていった。

私はなにが起きているのかわからず、辺りを見回そうとした。しかし、首が痛くて動かない。

触ってみると、むち打ちの人がするようなギプスが装着されていた。さらに腕には点滴の針が刺さっている。

どうしてこうなっているのかはわからないが、今自分がいるのは病院なのだということは、なんとなく理解できた。

なにがあったのか思い出そうとすると、突然頭に鋭い痛みが走った。

痛んだ箇所を手で押さえると、傷口をカバーするガーゼとネットの感触がした。

「失礼します。大丈夫ですか？」

ドアを開けて病室に入ってきた若い看護師さんが、私をのぞき込む。

大丈夫かって聞かれても……それは私が知りたい。

「はあ」

とりあえず返事をすると、看護師さんのうしろから、白衣を着たお医者さんが現れた。色白で小太りの、飾り気のない真面目そうな先生だ。丸い眼鏡をかけている。

最後に、お医者さんと一緒に戻ってきた母が入ってきて、病室のドアを閉めた。

「目覚めたんですね。よかった。お名前確認させてください」

「綾瀬《あやせ》……萌奈《もな》です」

看護師さんがワゴンに載ったノートパソコンで私たちの会話を記録しているようだ。

「お誕生日は」

私は素直に生まれた年月日を答える。

ベッドを挟んでお医者さんの向かい側に立つ母が、うんうんとうなずいていた。

母の頬は紅潮し、涙ぐんでもいた。

「ここはどこだかわかりますか?」

「えっと……病院ですよね? たぶん、父の……」

私の父は大きな総合病院を経営している。私が搬送されるとしたら、父の病院以外ありえない。

父は忙しい人だから、今も院長室で働いているはずだ。

「はい。どうしてあなたはここにいるのか、覚えていますか?」

「それが、さっきから考えているんですけど、さっぱり」

ああ、と母が大きなため息を漏らした。

「あなたは交通事故に遭ったんです。タクシーに乗っていて、後方から追突され、頭を強く打ったようです」

「うわあ、事故……。そうだったんですか」

だから首や体のあちこちが痛いのか。私はすんなりと納得する。ただ、自分がタクシーに乗ったことは思い出せない。混乱しているのかな?

「あなた、三日も意識を失っていたのよ。私はもう、あなたが目覚めないんじゃないかと心配で心配で……」

ベッドに突っ伏し、およよと泣きだした母の背中を、看護師さんが優しくさすった。

心配をかけてごめんね……。

母にそう声をかけようとしたが、お医者さんに遮られた。

「綾瀬さん、起きたばかりで申し訳ありませんが数点質問させてください」

「はい」

「お母さんの顔はわかるようですね。お父さんや他のご家族の顔も思い出せますか?」

天井を仰ぎ、家族の顔を思い浮かべる。

「思い出せます。名前も」

私はお医者さんに家族構成を話した。ちゃんと合っているようで、彼は満足げにうなずいた。

「あ、そういえばハムスターもいました。クッキーっていう名前の、ゴールデンハムスターで、とってもかわいいんです」

ハムスターも大事な家族だものね。得意げに説明すると、母が私の肩を軽く叩《たた》いた。

「クッキーはあなたの卒業旅行中に急死したのよね。あのときは悲しかったわ」

「えっ？」

母がなにを言っているのかわからず、私はカラカラに渇いた喉で反論する。

「なに言ってるの？　クッキー、昨日まで家にいたでしょ？　それにまだ私、三年生だよ。卒業旅行っていつのこと言っているの？」

お医者さんと看護師さんの顔色がさっと変わったのを、私は視界の端でとらえた。

「綾瀬さん。今、何年かわかります？」

「何年って、今年は平成……」

「平成⁉」

大きな声を出した母を、看護師が「お母さん、お静かに」と制した。

「一昨年、元号が変わったのを覚えていませんか」

「ええ？　やだなあ、そんな大事《おおごと》があったら、いくら私でも覚えてますよ。からかわないでください」

友達に『ぽやんとしている』と言われる私だけど、元号が変わったらさすがにわかる。しかし生まれてこのかた、元号が変わる瞬間に立ち会ったことはない。

あははと笑う私とは対照的に、みんなはシーンと静まり返った。

「萌奈さんは今、何歳でしたっけ?」

「二十歳です。もうすぐ二十一……えっ、お母さん⁉」

答えている途中で、母がふーっと細い息を吐いて仰向けに倒れそうになる。

床に頭を打ちつける前に、看護師さんが支えてくれた。

いったいなにが起きたの?

お医者さんが細い目でじっと私を見つめる。

「これは?」

とんとんと病室のテレビを叩くお医者さん。

「テレビです」

「これは?」

胸ポケットから出されたものを見て、私は答える。

「ボールペンでしょ?」

どうして赤ちゃんにするみたいな質問をされるのかな?

「物の名前はわかる、と。じゃあ、朝起きてから家を出るまでにすることを教えてください」

いったいなんの質問だろう。それよりクッキーの安否が気になる。

「んと、起きたら顔洗ってメイクして、食事して……」

ぼそぼそと説明すると、先生が口を挟む。

「電車の乗り方はわかります？」

「スマホを改札機にあてて……って、どうしてこんなあたり前のこと答えなきゃいけないんですか」

「そういった記憶もちゃんとある、と」

お医者さんは私の質問に答えず、「ふむ」と手を顎にあてて考え込む仕草を見せた。

「どうやらエピソード記憶の一部が抜け落ちてしまったようですね」

「エピソード記憶？」

胸の中がざわざわと音を立てる。

単なる交通事故の外傷だけでは済まないことが、自分の身に起きていると感じた。

「お母さん、萌奈さんは今おいくつでしたっけ」

「二十五歳です。ちゃんとお勤めもしていて……それなのに、それなのに……」

椅子に座らされ、ハンカチを目元にあてる母。

「二十五歳？　今の私は二十五歳で、五年分の記憶がどこかに行っちゃったってことですか？」

言いながら、まったく実感が湧かない話だと思った。

ただ、クッキーが死んでしまってもうこの世にいないと思うと、悲しかった。

「そういうことだと思います。とりあえず今日は休んで、明日からもうひと通り検査をしましょう」

「はい……」

「不安だと思いますけど、あまり考えすぎないように。お母さんも、落ち着いて」

お医者さんが部屋から出ていくと、母も「お父さんを呼んでくるわね」と言い、病室から離れた。

うーん、困った。

五年の間に出会った人たちや、経験したことを忘れてしまったのは、ただただ不安だしショックだ。これからどうやって生活していけばいいのか……。

「とりあえず、喉が渇いたしお腹が空いたんですけど」

精神的苦痛も、生理的欲求には勝てない。

飲食をしてもいいか確認しようとナースコールを押すと、若い看護師さんが数枚の紙を持って現れた。

なにか飲みたいと訴えると、上体を起こされて、母が買っておいてくれたペットボトルの水をコップに移して飲むよう促され、しっかり嚥下《えんげ》できるかチェックされた。

喉の渇きが癒《いや》され、記憶をなくしたショックもほんの少し薄らいだ気がする。

「食事は夜からおかゆが出ますので、それまで少し待っていてください。あ、これは明日からの検査の同意書です」

「あ、はいすみません」

体の前にテーブルを引き寄せ、貸してもらったボールペンで同意書に記入しようとする。

「令和……？」

日付を書き込む欄に、〝令和〟と見覚えのない単語が書かれていた。

「あー。一昨年、平成から令和になったんですよ」

彼女にとっては当然のことなのだろう。

軽い調子で言われたけど、私はその字を見てさらに不安になった。

これがさっき話題に出た、噂《うわさ》の新元号か。目が覚めたら元号が変わっているなんて、びっくりだよ……。

結局看護師さんに言われるままの日付を記入した。

令和の二文字を見るたび、どこか異世界にトリップしてきたような違和感を覚えたことを戻ってきた母に話すと、また泣かれてしまった。


一週間後。

検査の結果、五年間の記憶を失った以外は異常なし、ということで主治医から退院の許可が下りた。

体は打撲だけで骨折もなかった。ただ頭を強く打っただけ。しかし、相当打ちどころが悪かったのだろう。

——と、主治医は素人でもできそうな診断を下し、さっさと私を退院させようとしていた。

「これ以上入院していても、やることがないんですよね。あなたの体は健康そのものなので、月一で受診してください」

どうやら記憶を回復させるために入院、とはいかないらしい。

どこの病院もベッドが足りないとは父から聞いているので、私は了承した。

経営者の娘でも、無駄に病床を占領しているわけにはいかないものね。

「それにしてもなあ……」

出された塩分控えめの病院食をもそもそと食べつつテレビを見る。

バラエティもドラマも、全然知らない芸能人ばかり。五年前に人気のあった芸人もアイドルも、ほぼ出ていない。

月日が流れたということを実感し、ため息が出てしまう。

「どうなるんだろ、これから」

すべての記憶を失わなかったのは、幸運だった。

ただ、社会人になってからの記憶がないのが問題だ。

今まで勤めていた会社に退院と同時に復帰……はさすがにできないだろう。

母の話によると、私は父の病院と取引がある医療機器メーカーに勤めていたらしい。部署は秘書課。なんと社長秘書のひとりだったとか。

私には優秀な兄がふたりいて、ふたりとも今は立派な医者だ。私が二十歳のときに研修医だった上の兄は消化器外科医に、下の兄は心臓外科医になっていた。

ふたりとも父の病院に勤めているので、仕事の合間にお見舞いに来てくれた。

ちなみに私は医学部に入る学力がなかった。理数系の科目が苦手で、努力しても合格ラインに届かなかった。

そんな私に、父は言ったものだ。『萌奈は萌奈らしく生きればいいんだよ』と。

だからせめて自立できるようなスキルを身につけるために、秘書を目指したのかもしれない。

「そうだよね。二十歳までの記憶があるだけでじゅうぶん。これからのことはこれからなんとかしよう！」

この病院で事務職として一から学ぶとか、今から専門学校に行って資格を取るとか、いくらでも道はある。

めそめそしていても仕方ない。退院してからゆっくりと、今後のことを考えよう。

食事を終え、空の食器が載ったトレーを回収場所に持っていくと、廊下の先から両親がこっちに歩いてくるのが見えた。

「あっ。ふたりともー」

大きな声は出せないので、ぶんぶんと手を振った。

病室の前に戻ろうと一歩踏み出すと、両親のうしろに誰かいることに気づく。

兄かしらと目を細めたが、どうやら違う。彼らはさっき、昼休憩を利用して病室に来たばかり。今は勤務中のはずだ。

では別の患者の面会人だろうか。そのわりには、両親にぴったりとくっついてきている。

とうとう両親と謎の男は私の目の前までやってきた。

「具合はどうだい、萌奈」

父が優しく笑いかける。

「記憶以外は全然大丈夫。あの、そちらの方は？」

両親のうしろに立っていた人物が、こちらに微笑みかけた。私は思わず会釈《えしゃく》する。長身で、皺《しわ》ひとつないグレーのスーツを着こなしている彼は、二十五歳の私より少し年上に見える。

黒い前髪の下の目に見つめられ、なぜかパジャマ姿でいることをすごく恥ずかしく思った。

なんていうか……美しい人。〝カッコいい〟でも〝イケメン〟でもなく、〝美しい〟という表現が似合う気がする。

「やっぱり覚えていないか」

美しい彼が口を開いた。なにかを覚悟していたような口ぶりだった。

「えっと……？」

「俺は君の夫だよ、萌奈」

「あー、夫ね。って、夫……？　え？　えええええええええええっ⁉」

思わず廊下で大声を出してしまい、近くを通った看護師さんににらまれた。

私たちは病室に入り、私はベッドに、両親は椅子にそれぞれ座った。夫と名乗る人は私の正面に立っている。

「私、結婚してたの？」

相手に見覚えがないということは、記憶を失った五年の間に出会って付き合って、結婚したということだろう。

結婚は人生の一大イベントだ。そんなに大事なことも思い出せないなんて。にわかには信じられなくて、頭の中が大混乱。彼の顔を直視できない。

「どうして黙ってたの？　それに、今まで一度も顔を出さないなんて、この人薄情じゃない？」

妻が事故にあった場合、本来なら、夫が一番に駆けつけるはずじゃない？

彼を見られないので両親をにらみつけると、父が落ち着いた声で説明する。

「きっと大きく混乱させるだろうと思って、少し落ち着くまで待っていたんだよ」

たしかに、目覚めてすぐ結婚していることを聞いたらパニックを起こしていただろう。現に今も大きく動揺している。

自慢じゃないけど、大学までの私のあだ名は〝箱入り娘〟。門限も厳しく、合コンなどの、男女の出会いの場に行くことも禁止。交際をするなら、相手を両親に紹介してから結婚を前提にするべき、と教え込まれてきた。なので、当然男性と付き合ったこともない。

あんなに奥手で人見知りだった私が、どうやってこの美男子を射止めたのか。

「まさか、子供もいるとか……」

「いや、それはまだだ。君たちは結婚したばかりだから」

ホッと胸を撫《な》で下ろした。

結婚していたことだけでもビッグバン並みの衝撃なのに、この上子供もいたりしたら修羅場だ。

「でも私、指輪もしていない」

左手の薬指にあるはずの結婚指輪がない。レントゲンを撮るときに外したのかな？

「結婚指輪も婚約指輪も、まだ用意できていないんだ。とにかく早く入籍をしたくて」

疑問に答えた彼を見上げる。彼は眉を下げて言った。

「遅くなってごめん。お義母さんから、萌奈が落ち着くまで待つように言われたものだから」

「あ……い、いえ。大丈夫、です」

他人のような受け答えをしてしまう。

だって仕方ない。今の私にとって、彼は完全に他人なんだもの。

「本当に、俺のことはなにも覚えていないんだな」

寂しそうに笑う彼に、胸が痛んだ。将来を誓い合った配偶者に忘れられるというのは、彼にとっても相当なショックだろう。

「ごめんなさい」

思わず謝る私の頭を、彼が優しく撫でた。

「謝るな。大丈夫だよ」

彼が屈んだと思ったら、長い両手が開かれる。ボーッとしていた私は、すっぽりとその腕の中におさめられた。

「無事でよかった。一緒に帰ろう」

みるみるうちに頬が熱くなっていく。

彼にしてみればよく知った妻を抱きしめただけなんだろうけど、私にとってはいきなり初対面の男の人に抱きつかれたも同然なのだ。

他人の体温がこれほど温かいと初めて知った、ような気がする。本当は、初めてではないのだろう。

「ちょ、ちょっと待って……」

とんとんと彼の背中を叩くと、体を解放された。私は深呼吸をして息を整える。

「ごめんなさい。私、あなたの名前もわからないの」

「鳴宮景虎《なりみやかげとら》だ」

意外に古風な名前。戦国武将みたい……じゃなくて。

「鳴宮さん。このような状態で、いきなり結婚生活をするのは無理です。もう少し落ち着くまで、実家にいさせてください」

付き合った記憶もない人と、同じ屋根の下には住めない。

一緒に帰るのを拒否すると、彼はとても傷ついたような目でこちらを見返す。

「うう。その目やめて……」

罪悪感が茨《いばら》のとげのように、私の胸を苛《さいな》む。

「私の記憶が戻る見込みは今のところないんです。あったとしても、それがいつになるかわからない。あなたがつらければ、離婚という手も……」

「やめてくれ。俺は離婚など、まったく考えていない」

彼は眉間に皺を寄せ、決然と言い放った。私は口を噤《つぐ》む。

「俺は君を愛している。君が事故に遭って今日まで、苦痛で仕方なかった。これからはずっと一緒だ」

「ええっ……」

ちらっと両親を見ると、さっと視線を逸らされた。娘のラブシーンを目の前で見せつけられ、さぞかし恥ずかしいのだろう。ふたりとも顔が赤い。

「記憶が戻らなくてもいい。それでも俺には、君が必要だ」

彼は両親のことなどまるで気にしていないようだ。そっと私の手を取り、甲に軽くキスをする。

まるで、眠り続けるお姫様を救いに来た王子様のようだった。

しかし、彼のキスでも私の記憶は戻らない。彼と出会ってからこれまでの記憶は、眠ったままだ。

どう返事をしていいかわからず、私は唇を噛んで彼を見上げた。

彼は切実そうな目で、私を見下ろしていた。

憧れの書斎

次の日。

退院することになった私は、母と病室の片付けをしていた。

「ねえ、やっぱり私、実家に帰りたい」

昨日はお館《やかた》様……じゃないや。武将みたいな名前の彼の美しさに圧倒されて、きっぱりと拒否できなかった。

しかし、彼が帰ったあと、考えれば考えるほど不安が増した。不安でしかない。

降って湧いた旦那様といきなり新婚生活なんて。

「仕事をお休みして、昼間はうちに遊びに来ればいいわよ」

「そうじゃなくて。私、大学生までの記憶しかないのに、いきなり主婦なんてできないよ」

恥ずかしい話だけど、私は二十歳になっても家事のほとんどを母に任せてきた。

二十五歳の私はどうだったんだろう。少しは色々なことができるようになっていたのかな。

「最初からうまくできる人なんていないわ。リハビリだと思って、のんびりやりなさい」

「でも……」

「鳴宮さんなら大丈夫よ。きっと、優しく見守ってくれるわ」

母はせっせとボストンバッグに私のパジャマやタオルを詰めていく。全然、私を実家に引き入れてくれる様子はない。

時計を見ると、退院時間が迫っていた。早く部屋を空けないと、次に入院する人を待たせてしまう。

洗面台に置きっぱなしになっていたコップと歯ブラシをケースに入れると、ノックの音が聞こえた。

ゆっくりと開いたドアから、鳴宮さんが現れた。

心臓が跳ね、緊張が高まる。

昨日のスーツ姿とは打って変わって、カジュアルな私服姿の彼は、ぐっと若々しく見えた。

「こんにちは。準備は整ったみたいですね」

今日も非の打ちどころがない顔面で笑いかける鳴宮さん。

「土曜日の病院はひっそりしていますね。昨日とは別の場所みたいだ」

「外来診療がお休みですものね」

鳴宮さんは母と言葉を交わし、荷造りが完了したボストンバッグを軽々と肩にかけた。

「さあ、行こうか」

彼は当然のようにベッドに座った私の手を取り、立たせる。

「は、はい……」

とりあえず、時間通りに退院しなければならないので彼に従う。

受付でバーコードがついたリストバンドを切ってもらい、病室に忘れ物がないかチェックを受けた。

「お大事にしてくださ〜い」

担当してくれた看護師さんは、私ではなく鳴宮さんを見て言った。私には見せてくれたことがない、満面の笑みを浮かべて。

病院の外に出ると、強い日差しに肌を灼《や》かれた。

病室とは別世界のように暑い。すぐに噴き出た汗で素肌がベタベタしてきそう。

「じゃあ、よろしくお願いいたします」

母が深々と頭を下げる。

「ちょ、ちょっと待ってください。鳴宮さん、私やっぱり、しばらく実家に帰らせていただこうかと」

母に言ったのと同じセリフを繰り返すと、鳴宮さんは眉をひそめた。

「鳴宮さんと俺を呼ぶけど、君だって鳴宮さんだぞ」

「あ……すみません」

だって、主治医にも旧姓で呼ばれていたんだもの。あれは私を混乱させないためだったのかな。

いきなり〝鳴宮さん〟と呼ばれても、すんなり返事ができる気がしない。

「とりあえず行こう。ふたりで過ごした部屋を見れば、なにか思い出すかもしれない」

「そうね、そうね。実家にはいつだって帰ってこられるんだし」

なんの根拠もない鳴宮さんの言葉に、母は強く同調した。

「そりゃあ……百パーセント思い出さないとは言えないけど」

主治医によると、私のような症状に有効な治療法は、これといってないらしい。しかし絶対に記憶が戻ることがない、とも彼は言わなかった。人間の脳は複雑すぎて、全部が解明できたわけではないから、ある日突然記憶がよみがえる可能性もゼロではないそうだ。

それを踏まえて、記憶の回路に少しトラブルが生じただけだとしたら、なにかの拍子にすべてを思い出すということもあるのかも。というのが、私の勝手な見解だ。

「なにも心配しなくていい。家事も仕事も休めるように、すでに手配してある」

「えっ。鳴宮さんが、職場にまで連絡してくださったんですか？」

びっくりする私を見て、鳴宮さんはきょとんと目を丸くした。

「ああ、そうか。話していなかったっけ。君は俺と同じ会社で働いていたんだ」

笑いをこらえるような顔の鳴宮さんに、母が付け足した。

「この方はね、あなたが秘書をしていた社長さんのご子息。副社長さんよ」

「そうなの？　じゃあ、いわゆる政略結婚ってやつ？」

うちは病院、彼の会社は医療機器メーカー。じゅうぶんに考えられる。

というか、そうでなければこれほどハイスペックな人と私が恋愛関係に発展するきっかけがないよね。

実家こそ大きな病院だけど、私自身はどこにでもいるような普通の人間だもの。見た目も中身も。

私の失礼な質問に、母は「こらっ」と憤り、鳴宮さんはこらえきれずに噴き出した。

「こんなところで立ち話もなんだし、とにかく帰ろう。君の質問に答えるから」

たしかに日差しはキツイし、空気はむわっとしているし、一刻も早くエアコンの効いた室内に入りたいところではある。

政略結婚にしては彼は優しく、私の手を引いて駐車場へエスコートする。

振り返ると、母が少しだけ心配そうに私を見ていた。


鳴宮さんとふたりで住んでいたというマンションに着いた私は、木偶《でく》の坊《ぼう》のように立ち尽くしていた。

「こんなすごい部屋に、見覚えありません……」

ここは高層マンションの最上階。二部屋をぶち抜いて合体させたという我々の愛の巣は、ふたりでは広すぎるくらいだった。

ダンスパーティーができそうなリビングダイニング、特大ダブルベッドが子供用くらいに小さく見える寝室。

お風呂は露天になっているものと、完全室内仕様のものとふたつ。さらに、うちの父が喜びそうなバーカウンターなどなど……。セレブすぎる新居にあんぐりと口を開けることしかできない。

「君の実家だって、たいしたものだろ。都内一等地に建つ平屋の日本家屋じゃないか。しかも枯山水《かれさんすい》の庭園とプール付きだったよな」

「いやいや……プールといったって、子供がチャプチャプする程度のものだから。今はほとんど使ってないんですよ」

私はすっかり、最新の高級マンションに見惚《みと》れていた。

自分の家だという実感は湧いてこない。お呼ばれした客人の気持ちで、天井のファンを見上げる。

リビングの真ん中でボーッとしていたら、お腹がぐうと鳴った。

我に返ってお腹を押さえるけど、遅かった。鳴宮さんはぷっと吹き出した。

「もうすぐ昼食の時間だな」

高そうな絵とともに壁にかけられている時計を見ると、正午より三十分ほど早かった。

病院の昼食がだいたいこの時間だったから……と心の中で弁解する。

ああ恥ずかしい。食いしん坊みたいじゃない。

「そういえば私、料理はできたんでしょうか？　お恥ずかしながら、二十歳の時点では、まったくできなかったんですけども」

「敬語は使わなくていい。二十五歳現在の君も料理は得意じゃなかったから、心配するな」

気負ってやらなくてもいいよ、という意味かしら。

二十五歳の私よ……、別の意味で心配だよ。今時、料理は妻がやるべしなんて時代錯誤なことを言う旦那さんではないようで安心したけど。

「今後も、無理に家のことはしなくていい」

「露天風呂のお掃除も?」

「あれこそ、素人には無理だろう」

それを聞き、私はひそかに安堵《あんど》のため息を漏らした。

よかった。あれはちょっとハードルが高いなって思ってたんだよね。

「平日はハウスキーパーが来るから、なんでも依頼しろ。今日は休みだから……」

話の途中で、インターホンが鳴った。戸惑ってまごまごする私の横をすり抜けた彼が、壁についているモニターでさらっと応対する。

「誰か来たの?」

「ああ」

やがて、玄関のベルが鳴った。やはり応対したのは鳴宮さんだ。

彼が両手で抱えて持ってきたものは……。

「そ、その桶《おけ》は」

黒い蒔絵《まきえ》の桶を、彼がダイニングテーブルに置いた。

続けて、キッチンに行ったかと思うと、白ワインのボトルを持って戻ってきた。

「おいで。退院祝いをしよう」

招かれるままテーブルに近づくと、そこにはつやつやと光り輝くお寿司が。

やっぱり！　この桶、見たことあると思った！　高級寿司店のお寿司だ。小さい頃からの大好物で、実家でお祝い事があるたびに食べていた。

心の中でガッツポーズをした。こらえきれない笑みが頬を緩ませる。

とはいえ、同居を渋っていたのにここであっさり尻尾を振ったら、単純な女だと思われるかな。

座るのをためらっていると、鳴宮さんが椅子を引いてくれた。

ここまでされたら、座らないと失礼だよね……。いやごめんなさい。正直に言います。お寿司が食べたいです。

「ありがとうございます」

お礼を言って座ると、正面に鳴宮さんが座った。グラスにワインが注がれるのをワクワクした気持ちで見守る。

取り皿とお箸を渡され、「いただきます」と手を合わせた。

すると。

「ちょっと待って。俺の言うことをきかないと、この寿司は食べられません」

「へっ？」

おあずけを食らった私に、彼は意地悪そうに微笑む。

「俺のこと、苗字じゃなくて名前で呼んで」

私は箸をぽろりと落としそうになった。

やっぱり、気にしていたんだ。結婚相手から苗字で呼ばれたら、それはそれは微妙な気分だろう。

これに関しては、彼はなにも悪くない。私が覚悟を決めればいいことだ。

記憶がある二十歳の時点で男の人とお付き合いしたことがない私は、異性を名前で呼んだことがない。緊張するけど、ここはお寿司の……もとい、彼のために頑張ろう。

「か、か、か……げとらさん」

上杉謙信《うえすぎけんしん》の幼名と同じ、景虎さん。

「呼び捨てでいい。敬語もやめてもらおう」

「でも、年上でしょ？」

「対等なのが夫婦だろ」

まあそうか。納得はするけど、やっぱり恥ずかしい。

「私、ずっとため口で話していたんですか？」

「付き合い始めてからはね」

「そうですか。では……」

すーはーと息を整え、彼を見た。

「景虎」

食欲が緊張に勝った瞬間だった。

だって、病院食があんまりおいしくなくて食が進まなかったんだもん。究極にお腹が空いている。

『塩分控えめにしないといけないのはわかるけど、これじゃ患者さん減るよ』って、父にも散々言っておいたくらいだ。

「かわいい。合格」

がしがしと頭を撫でられる。前髪が邪魔をして、彼の表情が見えなかった。

「じゃあ、改めて。萌奈の退院を祝って」

グラスを持った景虎が笑った。目を細めた彼は、実年齢である三十歳よりも少し幼く見えた。

お寿司とワインを堪能《たんのう》したあと、改めて部屋の中を見回す。

黒い重厚感のあるソファが存在感を放つリビング。そういえば、寝室も寒色系でまとめられていたっけ。

全体的にモダンな雰囲気がするこのマンション、全然悪くないし、嫌いでもないのだけど……。

「このインテリアって、私の意見も取り入れられたんだよね？」

ワインのアルコールで少し頬が熱くなっている私を、彼が見つめる。

「そうだけど、もともとは俺がひとりで住んでいたから、俺の趣味が濃く出てるかもしれないな」

「ああ……あとから私が転がり込んだのね」

うんうんと納得すると、彼が隣に立ってリビングを一緒に見渡す。

「なにか気になることでも？」

聞かれて、首を横に振った。

「ううん、それほど大げさなことじゃないの。ただ、自分の趣味もこの五年間で変わったのかなって」

実家の部屋は、天然木の机やベッドを置いたカントリー系だった。カーテンは花柄で、観葉植物をあちこちに飾っていた。

小さい頃に遊んだドールハウスがカントリー系だったので、私もそういう部屋に憧れていたのだ。

彼の趣味が前面に出ている無駄のないモダン系とは真逆とも言える。

私たち、いったいどんな共通点があって結婚したんだろう。インテリアの趣味が合うという点ではなさそうだな、と勝手に推理した。

「どうかな。君はこの部屋に対して、なにも言わなかった。もしかすると、これから大改造していくつもりだったのかもしれない」

「なるほど」

「変えたいところがあれば、遠慮なく言ってくれ。話し合って改造していこう」

彼は気分を害した風ではなかった。むしろ、これからの私との生活を楽しみにしているような口ぶりだ。

「そうね。さっきからなにかが足りないような気がしていて……」

「植物とか？　そういえば熱帯魚を入れた水槽が欲しいと言っていたような」

水槽。それも好きだけど、そういうものじゃなくて……。

私は広いリビングをぐるぐる歩き回って、突然ひらめいた。

「あっ」

「うん？」

「写真。写真が、一枚もないんだ」

ポンと拳《こぶし》で手のひらを打った。謎が解けてすっきりした瞬間、次の謎が浮かび上がる。

「んん？　どうして？」

私が二十歳になってすぐ、五つ上の兄が結婚した。新居にお邪魔すると、玄関には結婚式で使ったウェルカムボードが飾られ、リビングではデジタルフォトフレームが、指輪の交換や誓いのキス、ケーキ入刀、ファーストバイトなど、様々な場面を絶え間なく映していた。

「私たちの写真は飾らないの？　結婚式とか……」

「式はまだ挙げてないんだ。俺の仕事が忙しく、日にちの調整ができていなくて」

彼は申し訳なさそうに言った。やけに早口だった。

「そっかあ。じゃあ、他の写真は？」

付き合っていたなら、一枚くらいあるだろう。プリントしていなくたって、スマホにデータがあるはずだ。

追及すると、彼は力なく首を横に振る。

「俺は写真が嫌いなんだ。だからふたりで写っているものはない」

「ええ〜っ。じゃあ、私だけの写真は？」

「撮ってない」

「がっかり……」

彼にとって、私は記録に残したい被写体じゃなかったってことかな。

記録を残すことに執着がない人もいるんだろうけど、私としてはもし誰かと恋愛をしたなら、写真を残したい。

たとえば、一緒に行った場所や、食べた物とか。それなのに一枚も写真がないなんて……。

「やっぱり、政略結婚だったの？」

ぽつりと口から寂しい単語が滑り落ちた。

医療機器メーカーの御曹司との政略結婚。病院長の父は喜んで私を彼に差し出したことだろう。それが私の幸せでもあると信じて。

愛のない政略結婚で、お付き合い期間も短かったなら、写真がないことにもうなずける。

彼は病院で、私を愛していると言った。でも、口先だけならなんとでも言える。

「違う。俺が君を好きで、結婚前提の交際を申し込んだんだ。一年前に」

私の肩を掴《つか》んだ彼の眉間に、皺が寄っていた。切羽詰まったような表情に、胸がかき乱される。

「内緒の社内恋愛だった。だから、スマホに証拠を残したくなかった」

彼はゆっくりと私に言い聞かせる。

たしかに副社長が社長秘書と社内恋愛をしていると周りにバレたら、あることないこと言われそうだ。

しかし、副社長のスマホをのぞき見るような猛者《もさ》がいるとも思えない。気にしすぎじゃない？

「……そうだ。まだ案内していない部屋がある」

いきなり話題を変え、彼は私の手を引いてリビングを出た。廊下を歩き、数あるドアの中のひとつを開ける。

中を見た私は、思わず歓声をあげた。

「わあ……っ」

部屋の壁面いっぱいに備えつけられた棚に、本がずらりと並んでいる。

まるで昔見たアニメ映画の背景。上の方の本を取るための梯子《はしご》がスライドするようになっていた。

これに足をかけて、片手で本を持ってすいーっと移動するのよね。現実でやったら危ないし、梯子が体重で折れないか心配になるけど。

「私、本が大好きなの。まさに憧れの部屋！」

棚に駆け寄り、並んだ本の背表紙を指でなぞる。

物語、エッセイ、実用書、画集など様々な本がぎっしり詰まっている。ジャンルごとに作家順で分けられているようだ。

「知っているよ。俺たちの共通点だ」

「景虎も、本が好きなの？」

「ああ」

彼は噛みしめるようにゆっくりとうなずいた。

「これは、君がすすめてくれた本」

棚から一冊の本を引き出して渡される。

そのタイトルは、現在の私の記憶にも深く刻まれているものだった。

なんのことはないよくあるラブストーリーだけど、何度読み返しても涙が溢れる。

高校生のときに出会った本だった。

「俺たちは会社の図書室で出会ったんだ」

「資料が置いてあるような部屋？」

「そう。各社新聞や医療専門雑誌や専門書が主だけど、俺の趣味でそうではない本も少し置いてある」

私はその図書室を思い浮かべようとした。でも、できなかった。

「利用者はごくわずかだから、ほぼ俺の休憩室になっていたんだけど」

いや……それは、副社長がいるからみんなが入りにくかったんじゃあ。

話の腰を折るといけないので、黙っておく。

「俺が寛《くつろ》いでいたら、君がおそるおそるドアを開けて話しかけてきたんだ。『お邪魔してもいいですか』って」

懐かしそうに、彼は目を細める。

私はそのときのことをまったく思い出せない。副社長が寛いでいる図書室に、よく入ろうとしたものだ。

「君は言ったんだ。入社したときから気になっていたと。俺のことじゃなくて、小さな図書室のことを」

「昔から図書室が好きなの」

「うん。まったく同じことを、そのときも聞いた。それが俺たちの始まりだった」

彼の言葉に疑いを持つような点は見受けられなかった。

私は本が好きで、図書室があると聞いて我慢ができなかったんだろう。たとえそこが、副社長お気に入りの場所でも。

「俺に話しかけようとして出入りする女子社員もいたが、俺は図書室で無駄にしゃべくる者は遠慮せず叱責した。そうしていたら誰も来なくなった」

「あら……」

彼を狙う女性社員がいたということか。で、果敢《かかん》に話しかけたら怒られたと。ちょっと気の毒。

「でも君は、キラキラした子供みたいな目で本を吟味《ぎんみ》して、静かに読みふけった。だから好感を持った」

「じゃあ、景虎から話しかけてくれたの？」

「ああ、そうだよ。読書の邪魔をされても、君は嫌な顔をしなかった。ただ、とても驚いていたな」

笑みを漏らす彼の表情に、嘘《うそ》はない。根拠はないけど、そう感じた。

だって、話を聞いているだけで、体が反応している。彼の話は真実だと訴えるように、体温がわずかに上がったのがわかる。

「そうだったんだ」

彼が私を好きだったということを信じようとすると、私も彼のことを少し好きになったような気がするから不思議。

さっきまで、まだ出会ったばかりみたいなよそよそしさがあったのに。

「もう少しここにいてもいい？」

「もちろん。紅茶でも淹《い》れようか」

公共の図書館で飲食は絶対に禁止だけど、ここは彼と私の専用。

「はいっ」

心からの笑顔がこぼれたのが自分でわかった。彼も今日一番の笑みを返してくれた。

昼に食べすぎたので、夜はお蕎麦《そば》を出前してもらってさらっと食べた。

私用のチェストやクローゼットには、下着や衣類が詰まっている。景虎が先にお風呂に入っている間、私はそれを一枚ずつ確認していた。

使用感があるので、おそらく本物だろう。

「しかし……」

旦那さんがいる身なのに、清楚というか、おとなしめな下着が多い。

二十歳の私は、彼氏ができたら、レースがあしらわれたようなかわいくて、ちょっとセクシーな下着を買おう！とか思っていたのにな。

高校生の頃と変わらぬ、装飾やパットがほとんどない下着をつまみ上げ、首を傾げる。

もしかして、こういう子供っぽい下着が、彼の趣味なのかしら？

「萌奈」

「わあ！」

突然部屋のドアが開いて景虎が顔を出したので、私は慌てて下着をしまった。慌てすぎて、チェストの引き出しにちょっと指を挟んだ。

「なにをしているんだ？　風呂に入らないのか？」

彼は上半身裸で、まだ濡れている髪をタオルで拭いている。

厚い胸板や割れた腹筋、腕の筋肉の線を見てドキッと心臓が跳ねる。

芸能人の体をテレビや雑誌で見たことはあるけど、こうして生身の男性の肉体を目前にしたのは初めてだ。

「ううん。入ってくる！」

一度しまった下着をもう一度取り出し、お団子のように丸めて握りしめ、浴室へ走った。

お風呂掃除は、午前中のうちにハウスキーパーさんがやってくれたらしい。

広々とした浴槽で手足を伸ばすと、ふうと吐息が漏れた。

まぶたを閉じると、目撃したばかりの景虎の裸体を思い出してしまう。

全然覚えていないけど、付き合って結婚までしたってことは……私、あの人とキスや、それ以上のことをしていたってことだよね。

さすがに今の時代、まっさらなままでお嫁に行くことは少ないはず。結婚するとなると、体の相性だって重要だろうし。

――と、二十歳までなんの経験もない私が相性とか言っても説得力がないか。

「あわわ……」

自分でも知らない間に、そういうことを彼としていたなんて。

思わず想像しそうになって、慌てて顔をばしゃばしゃと洗った。

お風呂を出て、寝る支度を済ませてから、指定されていた寝室へ向かう。

この家は浴室がふたつもあるのに、寝室はひとつだけ。

のろのろとドアを開けると、キングサイズのベッドで景虎が本を読んでいた。

うわあ……。

紺色のパジャマで文庫本を読む、無防備な彼に見惚れる。

「おいで」

景虎は私に気づき、自分の隣のスペースをぽんぽんと叩いた。

そうか、やっぱり一緒に寝ていたんだ。夫婦だものね。そのためのキングサイズだよね。

「えとあの、お風呂の中でよーく考えたんだけど……。やっぱり、いきなり一緒に寝るのは、厳しいかなって……」

ぼそぼそこぼす私に、ベッドから降りた彼が近づいてくる。

顔は冷静そのものだけど、ムッとしているのか、まとう空気が尖《とが》っていた。

「どうして？　俺たちは夫婦なのに」

「いやあの……」

「抱き合う感触で思い出すかもしれない。さあ」

それって、今からベッドの上で抱き合いましょうってこと？

うしろに退こうとした私を逃すまいとするように、景虎は長い腕を私の身体に回した。

「早く子供を作ろう」

耳元で囁かれ、体中を雷に打たれたような衝撃が走った。

彼は本気だ。このままでは、流されて男女の関係になってしまう。それでいいの？

ううん、よくない。

「待って待って、それはちょっと」

「君が言ったんだ。早く子供が欲しいと」

「言ったかもしれないけど、覚えてないからっ！」

思い切り抵抗して彼の胸板を押し返した。

体を離した景虎は、傷ついた表情で私を見返していた。視線が合っただけで、胸が痛んだ。

「そりゃあ、勝手に記憶喪失になった私が、全面的に悪いよ。でもねっ、なりたくてなったわけじゃないの。今の私からしたら、出会ったばかりの人といきなり寝ろって言われているようなものなの」

彼のことは嫌いでなくても、今の私の精神状態では、無理だ。

「もう少し落ち着くまで待って。私、別の場所で寝るから」

部屋から出ていこうとすると、彼が私の手を掴んだ。といっても、痛くない力加減で。

「すまない。君の気持ちも考えずに」

振り返ると、彼は目を伏せて言った。長いまつ毛の影が頬に模様を描く。

「無理に触れることはしない。だから、そんな寂しいことを言わないでくれ」

懇願されるように囁かれ、ますますこっちが悪いことをした気分になる。

「わかった……」

少し抵抗はあるけど、これだけ広いベッドなら、密着しなくてもふたりで横になれるだろう。

私はベッドの端で、彼に背を向けて横たわる。景虎も反対側の端に寄って寝そべる。

彼は宣言通り、無理やり触ってこようとはしなかった。

「おやすみ」

静かにそれだけ言い、彼は電気を消した。

背中で彼の気配を感じていると、やがてすうすうと規則的な寝息が聞こえてきた。

ホッとする反面、とても申し訳なくなる。

失った記憶が戻ることは、果たしてあるのだろうか。主治医は『わからない』の一点張りだった。

私たち、これからうまくやっていけるのかな。

本が好きだという共通点を見つけられたのは嬉しいけど、彼と私の意識には海よりも深い溝がある。

一度生まれた不安はなかなか消えず、眠りに落ちるまでにいつもより倍の時間がかかった。

私はカレンダーの日付を数えていた。

「ここが事故に遭った日。入院が十日で……うわ。もう二週間も会社を休んでいるんだ」

景虎のマンションに来てから、四日が経った。

仕事に行く彼を見送ったら、ほぼひとりの自由時間。

普通の状態なら買い物などに出かけただろうが、記憶喪失の状態では少し怖い。

なのでこの四日間は外には出ずに、家にこもって本を読んだりして過ごしていた。

ゆっくりできたおかげで、事故で負った怪我はほとんど痛まなくなった。

「これからずっと働かなくていいんですよ。羨ましいです～。ご自分の好きなことに時間を使えますね」

にこにこ笑って夕食の準備をするのは、ハウスキーパーの上田《うえだ》さん。

五十代前半の、ころころした体型で、ふわふわしたおばさんパーマがかわいらしい女性だ。

彼女はその体型からは想像できないくらい、汗だくになりながらよく働いてくれる。

上田さんのおかげで、私は家事をほぼせずに済んでいた。

「うーん……このまま退職してしまうとしても、挨拶には行かないと」

反応したのは、いつもより早めに帰宅した景虎だ。

「しばらく休めるように手配しておいたと言っただろ。退職届なら俺が出すから、君がわざわざ出向く必要はない」

「そういうわけにはいかないよ」

職場の人たちはお見舞いには来なかった。両親が面会人を拒否するように病棟に要請していたからだ。その代わりに、彼らはお見舞いの品を贈ってくれた。お礼もせずに黙って退職というわけにはいかない。

職場の景色も、同僚の顔も覚えていないので、話しかけられてもどう返したらいいかわからない……というような不安はあるけれど、とにかく行ってみよう。

「それに職場を見てみることもいい刺激になるかも」

どんなに小さなことでも、なにが記憶を取り戻す糸口になるかわからない。

『〜すれば、なにか思い出すかも』が口癖になっている今日この頃。だけど今のところ、新しく思い出せたことはない。

なので、景虎にはまだおあずけを食らわせている状態。だって、自分の過去もはっきり思い出せないのに赤ちゃんを授かろうなんて、さすがに無理でしょう。

それ以前に、いくら夫婦だと言われても、よく知らない人と体を交えることはできない。

彼はあれ以来夜の営みに誘ってこなくなり、温かく私を見守ってくれている。

周りが焦ると私も不安になってしまうので、ありがたい。

「わざわざ君が行かなくても、お母さんに行ってもらえばいい」

「社会人なのに退職の挨拶に親が行くとかおかしくない？」

大学生の時も、体調不良などで急にバイトを休むときに、母親に職場へ電話させる人がいると聞いてドン引きした覚えがある。

「普通ならおかしいけど、今の君は普通の状態じゃないから」

「えー」

「パニック状態になったりしたらどうする」

景虎に言われ、口をつぐんだ。

退院後はほぼ家から出ずに生活できたので、大きな混乱はなく済んでいる。

だけど、記憶がない状態で会社に行くというのがどういうことなのか。

私は周りのことを知らないのに、周りは私を知っている。それは、たしかに気持ちのいいものではない。

「でも、そんなことを言っていたら、今後なにもできないし！」

怖いこともあるけど、五歳児に戻ったわけじゃない。二十歳までの記憶はあるのだから、普通に生活するのに支障はないはず。

「もちろん、いきなり電車に乗るのはよしておくよ。タクシーで行って、挨拶だけしてさっと帰る。緊急事態があっても、会社には景虎もいるんだし、なんとかなるでしょ」

パニックになったり、万が一意識消失したりしても、景虎にすぐ連絡が行くはずだし、そんなことで死にはしない。

「記憶がなくても、普通の人と同じように生きたいの！　お願い！」

自分では記憶がないこと以外は健康そのものだと思っているので、特別扱いされるのは心外だ。

駄々をこねると、景虎はふうと小さくため息をついた。なにかを諦めたような顔だった。

「わかった。道に迷うといけないから、必ずタクシーを使って、短時間で帰ってくること」

「わーい！」

両手を上げて喜ぶと、上田さんがクスクスと笑った。

「まるで初めてのお使いに行くお嬢ちゃんみたいですねえ」

……たしかに。

静かに手を下げ、私はその発言を聞かなかったことにした。

次の日、私は用意した手土産を持ち、久しぶりの外出に浮かれていた。

服はクローゼットにあったものを着た。自分で買った覚えがないので、借り物を着ているみたいで落ち着かない。

「うーん、ちょっと老けたなあ」

二十歳のつもりで鏡を見ると、なんだか違和感。メイクを今風に変えたからというだけではない。確実な老化を感じる。

二十五で老化なんて言ったら、もっと年上のお姉さんに怒られるかもしれない。

それでも、いきなり五年も年をとった感覚を持った私は、鏡をしっかり見るたび、ちょっと落ち込むのであった。

「誰が老けたって？」

「きゃあ！」

鏡に映る自分の背後に人が立っているのに気づき、驚いて飛び上がった。

「こんなに魅力的なのに、なにを言っているんだ」

いつの間にかいたスーツ姿の景虎が、私の身体に腕を回す。

「ちょっ」

「嫌か？」

嫌かと問われると、そうではない。ただ恥ずかしいし、戸惑いを覚える。

「やっぱり心配だ。このまま家に閉じ込めておきたい」

ぎゅっと背中から私を抱きしめ、首のにおいをかぐように鼻を寄せるから、くすぐったくて身をよじってしまう。

「大丈夫だって。ちょっとの時間だけだから」

「俺も一緒に行こうか」

このマンションに来た日から思っているけど、彼は過保護すぎる。

思春期の娘が父親に反抗するように、私は彼の腕から無理やり抜け出した。

「やめてよ。そんなことで仕事をさぼっちゃダメ」

実家がやっている会社だからって、適当に仕事をするようなお坊ちゃま、私は嫌いだ。

「わかっている」

彼はそっと手を離した。

「なにかあったら、すぐに俺を呼べ」

頬を優しく撫でられ見つめられると、首から上全体が熱くなっていく。

「うん。……といっても、スマホがないんだった」

私のスマホは事故の際に、割れた窓ガラスから外に吹っ飛び、対向車線を走る車のタイヤに踏みつぶされて壊れたらしい。再起不能となり、私の手元には返ってきていない。事故の証拠として警察に押収されたと母が言っていた。

固定電話もあるしネットはパソコンでできるので、特に不自由はしていない。ただ外出となると、ないと心細い。

「ねえ、帰りにスマホを契約してきてもいい？　っていうか、ネットでできるよね」

さっと気まずそうに視線を逸らす景虎。

もしかしてあなた、私にスマホを持たせたくないとでも思っていたの？

「どうして目を逸らすの？　そんなに私を閉じ込めておきたいの？」

まるで外部と連絡をとったり、接触したりさせたくないみたい。

そうでなければ、スマホくらい持たせるよね？　今時持っていない人の方が珍しいもの。急な連絡に便利だし。

「いや、ＳＮＳのトラブルとか怖いだろ。ネットで知り合った人と直接会ったら、悪いおじさんだったとかあるじゃないか」

「あなたは私のお父さんなの？」

まるで小学生扱い。大人でもそういう危険がないとは言い切れないけど。

「おお、もう時間だ。行かなければ」

「あ、ちょっと！」

彼はそそくさと洗面所を出る。私が追いかけると、彼は大股で玄関に急いだ。

「心配だったら、上田さんやお母さんに同行を頼めよ。じゃあ」

置いてあった仕事用バッグを掴み、まるで逃げるように景虎は出かけてしまった。

「もう、なんなのよ」

かわいいかわいいと家事もさせずに甘やかしたかと思えば、都合の悪そうな話題であっさり逃げていく。

スマホを持ってほしくないというのは、私を愛するあまりの独占欲の表れ？　そこまで都合のいい解釈はできない。

束縛癖のあるモラハラ夫だったらどうしよう……。

腕を組んで考え込んだけど、すぐに嫌になった。

結局会社に行くことは承知したんだから、徐々に外に出る回数を増やすことは可能だろう。

彼は心配性なだけ。きっとこんな状態も、もう少し落ち着くまでのこと。そう思うことに決めた。


七時に家を出た景虎から遅れること三時間、秘書課長と約束をした時間に合わせて出発した。

タクシーに乗り、景虎が勤めると同時に、私の職場でもあった会社へ向かう。

「……見たことあるような、ないような……」

まるごと会社の持ち物だという巨大なビルを見上げても、はっきりしたイメージは浮かんでこない。

だって、ビルなんてどれも一緒に見えるんだもの。

自分に言い訳して、ビルに足を踏み入れる。

エレベーターに乗り込み、教えられた階数のボタンを押す。

そういえば、景虎と出会った図書室はいったい何階にあるんだっけ？

頭の中に本が並んでいる光景をイメージしてみる。が、やはり具体的にはなにも思い出せない。

「やーめた」

いちいち思い出そうと努力することに疲れてきちゃった。

固まりそうな肩を回し、ドアが開くと同時にさっさと歩きだした。

返却するために持ってきたＩＣチップが入った社員証をモニターにかざし、重役フロアの二重ドアを開く。

その奥には、絨毯《じゅうたん》が敷きつめられた廊下が続いていた。

足音を吸収するそれの上を歩くと、途中で副社長室のプレートを発見した。

ここで景虎が仕事をしているのか。

足を止めてドアを見る。けれど、すぐに歩を進めた。

仕事中だもの。顔を出して邪魔をしちゃ悪い。

副社長室をスルーし、突きあたりの手前で止まる。

「ここね」

一番奥のドアには社長室、その手前が秘書課とプレートが掲げられている。ここで間違いない。

同僚たちは、景虎とその父である社長から、私が事故で記憶喪失になったという事情を聞いているそうだ。

一気に緊張した心をほぐすように、深呼吸を繰り返すこと五回。

やっと決心して、ダークブラウンのドアをノックした。

「失礼します」

ドアを開けると、中にいた四人がいっせいにこちらを向いた。おそらく秘書課のメンバーで、女性が三人と男性がひとりだ。

「ああっ、萌奈ちゃん！」

しっかりメイクをした綺麗なお姉さんが立ち上がり、こちらに駆け寄ってくる。多分、私より二、三歳年上かな。

「事故に遭って記憶なくしたって？　びっくりしたよ。生きててよかった！」

背の高い綺麗なお姉さんは、そう言って私を抱きしめた。私の顔が、ちょうどお姉さんの胸の谷間に埋まった。

んん？　この感触、知っているような……。

「原田《はらだ》さん、ドアを閉めて。外に聞こえます」

「あ、すいません」

冷静な声が部屋の中から聞こえた。原田さんと呼ばれたお姉さんは私を離し、ドアを閉めた。

完璧に描かれた眉毛、くるんとしたまつエク、大きな瞳。よく見るとカラコンだとわかる。

見れば見るほど、頭の中からなにかがじわじわと湧き出てくるようだ。

彼女と一緒に仕事をした記憶が頭の中に残っている、そんな気がした。

「綾瀬さん……いえ、今は鳴宮さんでしたね。突然のことで驚きました。身体の具合はいかがですか」

持っていた受話器を置いてこちらを見たのは、眼鏡をかけたスーツ姿の男性。四十代半ばくらいで、まさにベテラン秘書といった風情だ。

「ええあの……頭以外は非常に元気です。突然休んでしまい、申し訳ありませんでした。お見舞い、ありがとうございました」

前日の夜から用意していたセリフを無事に言い終え、男性に手土産を渡す。

彼は立ち上がってそれを受け取った。

「こちらこそ、ご丁寧にありがとうございます」

長年の秘書経験で身に染みついた、綺麗な会釈。その角度にも見覚えがあった。

「か……ちょう……」

そうだ、この男性は秘書課長だ。いや、一番年長だからあたり前か。

電話で今日の約束をしたときにはなにも感じなかったけど、こうして目にすると、なくした記憶がざわつくような気がする。

私たちの会話に加わらず、忙しそうに仕事をしているふたりを見つめる。

三十代半ばに見えるボブヘアのふっくらした女性と、電話対応をしている私と同じ年頃の顔の小さなショートカットの女性。どちらも、なんとなく覚えている。

やっぱりそうだ。この秘書課に入った途端、なくした記憶が揺さぶられている。

「これ、私のデスクですよね」

主がいない寂しそうなデスクに近寄る。ブックエンドに挟まれたファイル、デスクカバーの下のメモ。

引き出しを開けると、キャラクターがついたボールペンがたくさん出てきた。

「あ……これ、みんながお土産にくれた……」

ぼそっとこぼした私の言葉に、みんなが反応した。

隣のデスクで仕事をしていた三十代の女性がこちらを見る。

「思い出したの？」

少し考え、私は力なく首を横に振った。

「完全にというわけでは……。でもこのボールペンはわかります。みなさんが旅行に行ったときにそれぞれ買ってきてくれたものです。おそろいのボールペンを配るのが流行っていたんですよね」

同年代の女性が受話器を置き、こちらを見ずに言った。

「記憶喪失とか、演技なんじゃないの。早く仕事を辞めたいだけでさ」

「佐原《さはら》さん、やめなさい」

厳しすぎる意見を、課長が止めた。

「彼女が事故に遭ったのは事実なんです。診断書もあります」

「実家が大病院なんだから、診断書もどうとでも書いてもらえるじゃないですか。いいですよね、恵まれている人は」

彼女は立ち上がり、ショートカットの髪を揺らして秘書課から出ていってしまった。すれ違う瞬間めちゃくちゃにらまれたように感じたのは、たぶん気のせいではないだろう。

「佐原ちゃん、あれはないわー」

原田さんが呆《あき》れたように言った。

――そうだ。佐原さんはお父さんがいなくて、アルバイトをしながら猛勉強して、奨学金をもらって大学を出た。今は実家でお母さんと家事を分担しながら生活しているという、コネを一切使わず生きてきた努力の人だった。

「思い出しました。私、佐原さんに嫌われているんだった」

強烈な言葉のおかげで、頭の靄《もや》が一部だけ晴れたようだ。

私は世間知らずで、気が利かない。一年先輩の佐原さんによく『使えないコネ入社』って怒鳴られていた。

それはその通りだったし、結局仕事はきっちり教えてくれたので、単なる悪い人ではないと思う。

副社長の妻にあれだけのことを言えるんだ。正直で、強い。メンタルが鋼《はがね》でできているみたい。

苦労人の彼女から見れば、私は恵まれた環境でぬくぬく育ったいけすかない女なのだ。

「思い出さなくてもいいことを思い出しちゃったのね。萌奈ちゃんの記憶、ちょっと飛んじゃってるだけなのかな」

原田さんは眉を下げて笑った。

一時的に飛んでいるだけで、すぐに戻ってくる軽い記憶喪失。そう考えると楽だ。

「佐原ちゃんの嫌味はただの嫉妬よ。気にしない」

彼女は私が佐原さんにつらくあたられるたびに、いつもそう言ってくれた。

「なんだか……ここにいると、どんどん思い出せる気がします」

佐原さんのこと、原田さんのこと。彼女たちと過ごした時間が、断片的に頭の中によみがえる。

もっと思い出そう。そう、景虎と会ったときのこと、彼と過ごした日々のこと。

目を閉じて集中しようとしたら、くらりとめまいがした。

「萌奈ちゃん」

デスクに手をついてこらえる私を、原田さんが支えてくれる。

「無理をしてはいけません。副社長に、話は短時間で終えるようにと言われています」

課長が神妙な顔つきで近づいてきた。デスクの椅子を引かれ、座らされる。

「落ち着いたらタクシーを呼びますね。退社の手続きは、副社長を通して……」

「ちょっと待ってください」

自分でも意外な言葉が口から出ていた。

「復帰させてください、課長。完全に仕事を思い出すまではご迷惑をおかけするかもしれませんが、ここにいればもとの自分に戻れるような気がするんです」

言い切ると、またまいがした。

考えすぎて頭の中の酸素が足りなくなったのかな。

「……私はダメだとは言いません。でも、それは家族とよく話し合って決めなさい」

課長は優しく言った。

「ここはリハビリ病院じゃないって、佐原ちゃんに怒られるよ。もう少し療養してから復帰した方がいい。ね？」

原田さんは厳しくも、もっともな意見を投げかけてきた。

なにか思い出そうとするたびに原因不明のめまいでフラフラしているような秘書、たしかに邪魔だ。

ここはリハビリをする場所じゃない。仕事をする場所だ。

「私は記憶が戻るきっかけになればいいと思うけど……課長の言う通り、よく家族や主治医と話した方がいいかもね」

まだ名前を思い出せない三十代女性が、私を気の毒そうに見た。病人を憐《あわ》れむような目をされ、ちょっと傷つく。

「そういえば、萌奈ちゃん！　副社長と結婚したんだってね！」

突然思い出したように原田さんが両手をパンと合わせる。

「え……？」

どういうことだろう。結婚したばかりとは聞いていたけど、今の原田さんの言い方だと、まるで周囲に黙って結婚したみたいだ。

「仕事がしにくくならないよう、しばらく黙っていることにしていたんですよね。佐原さんみたいな人もいることですし」

課長が補足した。

社内でのトラブルを避けるため、極秘入籍したってこと？

「じゃあ、あの悩んでいた相手とは……」

「原田さん」

興味津々な目をして話し続ける原田さんを、課長が強い語調で止めた。

「彼女は普通の状態じゃないんです。一気にいろんなことを言われても混乱してしまう」

「あ……ごめんなさい。ただ、結婚おめでとうって言いたくて……」

たしなめられて、原田さんは口を閉じてうつむいた。

しゅんとした彼女が気の毒で、なにも気にしていないフリをした。

「いいえ。ありがとうございます」

私としては、混乱してもいいから、彼女が言うことを全部聞きたかった。

しかしまたもやめまいに襲われてしまい、それは叶《かな》わなかった。

帰宅してしばらくすると、めまいはおさまった。

「奥様、無理はいけませんよ。元気なつもりでも、心も体も事故のダメージが残っているのかもしれません」

寝室で横になっていた私に、上田さんが温かいほうじ茶を持ってきてくれた。

布団からもぞりと顔を出す。

「そうかもね……」

事故の瞬間は覚えていない。が、記憶をなくすくらい頭を打ったということは、他の部分に支障をきたしていても不思議ではない。

病院で目を覚ましたときは全身が痛かった。家の中で活動する分には支障がなくても、外出して他人と話をして……となると、心身ともに自分が思っている以上の負担がかかるのだろう。

「それはともかく、奥様って呼び方はやめてくれない？」

中世の貴族じゃあるまいし。

上体を起こした私を上田さんは不思議そうに眺める。

「今までは、みんな奥様・旦那様でしたよ？」

それって、家政婦が殺人事件に巻き込まれる、昔の有名ドラマの影響かしら。

上田さんは家政婦派遣所に登録しているので、そこで奥様・旦那様と呼ぶ教育がされているのかもしれない。

「私は奥様ってガラじゃないから。萌奈でいいよ」

「萌奈様」

「んー、違う。ちゃんで。で、敬語もやめてもらおうかな」

上田さんは、青ざめて首を横に振る。

「めっそうもない」

下手なことをして、派遣所にクレームが行ったら困ると思っているのか、上田さんはため口で話すことを拒否する。

「じゃあ、萌奈さんって呼んで。それならいい？」

「ええ、まあ……それくらいなら……」

お互いの妥協点を見つけたとき、寝室のドアがノックされた。

「ただいま。大丈夫か」

時計を見ると、夜七時。思っていたよりも早く顔を見せたのは、景虎だった。

「おかえりなさいませ、旦那様。お夕飯はできていますから、温めて支度ができたらお呼びしますね」

サボっていたわけでもないのに、上田さんは慌てて部屋を出ていった。景虎はそちらを気にする様子はなく、部屋の中に入り、ドアを閉めた。

「具合が悪そうだったと、葛野《くずの》に聞いた」

葛野さんとは、社長秘書課長の名前だ。

景虎は心配そうに、顔を近づけてきた。至近距離でのぞきこまれると、なんとなく恥ずかしくなる。

「なにか思い出したんだって？」

課長から情報は筒抜けになっているらしい。ごまかしても意味がなさそうなので、私は素直にうなずく。

景虎はベッドの縁に座る。私も横並びになるように座りなおした。

「思い出したのは、秘書課のこと。原田さんや課長、佐原さんのこと」

すべてを思い出したわけではなく、断片的な記憶がよみがえっただけであることを、彼に申告した。

「そうか」

彼は膝の上で指を組み、うつむいていた。

「そうガッカリしないで。少しだけでも思い出せたんだもの。あなたのことを思い出せる日もきっと、そう遠くない気がする。記憶喪失っていっても、きっと打ちどころが悪くて一時的に混乱しているだけなんだよ」

とんと左手で、景虎の右肩を軽く叩く。私にはない筋肉の厚みが手に伝わってきた。

「落胆しているわけじゃない。大丈夫だ」

彼はこちらを向き、私の手を取って握った。

「萌奈がつらい思いをするくらいなら、俺は忘れられたままでいい」

「え……」

たしかに、今日感じためまいは、思っていた以上に気持ちの悪いものだった。これから記憶を取り戻そうとするたびに同等の不調が現れるのかと思うと、少し怖くなる。

「でも、そんなわけには」

彼にも申し訳ないし、私としても恋した記憶もない人と一緒に暮らすことにはためらいがある。早く彼のことを全部思い出して、すっきりしたい。

彼もそれを望んでいると思っていたのに……。

「あなたは私がこのままでもいいの？」

それはあまりにも、彼にとって寂しいことではないだろうか。

見上げた景虎は、かすかに首を縦に振った。

「記憶があろうとなかろうと、萌奈が萌奈であることに変わりはない。恋をした記憶がないのなら」

景虎の大きな手のひらが、私の丸い頬を撫でる。ごく自然に近づいた唇が、私の唇を塞《ふさ》いだ。

あまりに当然のような流れに、目を瞑《つぶ》ることすらできなかった。

顔を離す彼を、まばたきをして見つめる。

「今から、もう一度恋を始めよう」

低い声が、鼓膜から全身に染みわたった。

すべてを受け入れたような彼は、穏やかに笑みを湛《たた》えている。

「今から……」

「もう一度、俺を好きになってほしい」

握られた手が、高鳴る鼓動が、熱い。

「う……うん」

うなずくしかなかった。

多少不思議なところもある彼だけど、もう一度好きになるのも時間の問題かもしれない。

苦しいくらい高鳴る胸を抑え、そっと彼の手を握り返した。

記念写真

結局、仕事は引き続き休職するということで景虎に話を通してもらった。

辞めるつもりで行ったのに、自分でも意外な展開になった。

「ねえ、短時間でいいから仕事に復帰できないかな」

日曜日の朝に切り出すと、私服姿の彼がコーヒーを飲みながらこっちを見た。

土日は上田さんが休みなので、彼女の作り置きおかずを食べたり、適当に外食したりしている。だけど今朝は私がどうしてもフレンチトーストを食べたくなり、レシピを調べて作ってみた。

景虎は、まるで私の手料理が初めてであるかのように驚き、一緒に食べている間ずっと幸せそうに微笑んでいたが、

「どういう理由で?」

先ほどまでの彼からは想像できないくらいの真顔で聞き返された。

「課長にも伝えたけど、あそこで断片的な記憶が戻ったのよ。会社にいる時間を増やせば、連鎖的に他のことも思い出せそうじゃない?」

「記憶を取り戻すために復職するのは、賛成できない。秘書課のメンバーに申し訳ないと思わないか？」

痛いところをつかれ、言葉に詰まった。

彼は今、夫というより副社長として話をしているみたい。

「言ったはずだ。無理に思い出す必要はない。俺はこれからも、君とこうして暮らしていけたらそれでいい」

空になったコーヒーカップを流しに運ぶ彼のシャツの裾を、逃がすまいとうしろから引っ張った。しまわれていたシャツが、ペロンとズボンの外に出る。

「どうした？」

怪訝《けげん》そうに振り返る景虎に、気を取りなおして言い返す。

「そう言ってくれるのはありがたいよ。でもね、それはあなたの気持ちであって、私は必ずしもそうとは思わない」

「なに？」

「私は、ぜーんぶ思い出してクリアな状態になって、改めてあなたと夫婦になりたいの」

「いやもう結婚してるから」

「そういうことじゃなくて――」

夫婦って、婚姻届を出すかどうかってことだけじゃないでしょ。私が夫婦を語るなよって感じかもしれないけど。

今のままじゃ、子供を授かりたいって言われても、拒否するしかない。そんなの、景虎に失礼だし、心苦しい。

「お互いのすべてをわかりあっていないと、セックスもできないって？」

「セッ――」

危うく続きそうになった声をのみ込んだ。

景虎は〝夫婦になる〟という意味をそういうことととらえたらしい。

彼は彼で、ずっとおあずけを食らわされてイライラしているのかも。そりゃあ、そうだ。新婚なのに妻が記憶喪失で、夜の営みを拒否しているんだもの。

「そ、それもそうだけど、それだけじゃなくて」

「そうか、百歩譲って記憶を取り戻したい気持ちは理解しよう。だが、仕事とそれとは別だ。社長秘書の仕事をリハビリ代わりに考えてもらっては困る」

ぐっと息が詰まるのを感じた。またもや同じ正論で封じ込まれる。

景虎って、佐原さんとの方が相性がいいんじゃ……いや、似た者同士で反発するか。

「わかってるよ……。だから雑用とか……」

秘書課のみんなや社長の役に立てないどころか、迷惑をかけるかも。

そう思うとゴリ押しもできなくなり、彼のシャツを掴む手の力が抜けていく。

「心配だな。あそこには君を目の敵にしている人物もいるんだろ？」

佐原さんのことだろう。彼女こそ、めまい持ちの記憶喪失女がウロウロしていたら嫌がるだろう。

「あの人は悪い人じゃないんだよ」

「秘書としては優秀らしいな。安心しろ、個人的なことと査定は別だ」

景虎はふうと小さくため息をついた。

「じゃあ、秘書課以外ならどうだ」

「といいますと？」

「記憶がなくてものんびり働ける場所ならいい」

別の部署ならってことか。でもそれだと、意味がないような。

「ちなみにどこ？」

「庶務課とか」

庶務課か……秘書課のときに出入りしたことがあるだろうか？

思い出そうと試みたけど、さっぱりだった。

「んー、じゃあ庶務課でいいからちょっと行ってみる」

庶務課の人が聞いたら怒りそうなセリフだけど、私は別に庶務課を下に見ているわけではない。

別の部署でもいい。とにかく会社に出入りするようになれば、なにか思い出せるかもしれない。

「そうか。人事に話しておくよ」

「ありがとう！」

シャツを握りしめたままニンマリと笑う私をじっと見下ろし、景虎はぽんと頭に手を置いた。

「え……なに？」

答える代わりに、頭を撫でくり撫でくりする彼。

「俺は結局、君に甘いんだよな」

手を離され、ぐしゃぐしゃにされた髪を整えてやっと前を見ると、彼はシャツをしまいつつ部屋を出ていった。

かと思うと、すぐに帰ってくる。手には長方形の箱を持っていた。

「はい」

リビングのローテーブルの上に箱を置かれ、私は正面のソファに腰を下ろす。景虎は隣に座った。

「なに？」

「開けてみろ」

厚みのある箱に、見覚えのあるリンゴのマークがついていたので、察しはついた。

それでも蓋《ふた》を開けた瞬間、感動してしまう。

「スマホだ！」

「欲しがってただろ」

彼は私がスマホを持つのを渋っていると思っていたから、嬉しいサプライズだ。

「ありがと〜！」

横にいた彼を抱きしめると、嬉しそうな「ふっ」という息の音が聞こえた。

もしや、照れてる？

「設定とか、なにもしてないけど」

「大丈夫だよ。私スマホ世代だし」

ぱっと景虎から離れてスマホの充電ケーブルをつなぎ、設定を開始する。

あらかた初期設定を終え、よく使っていたメッセージアプリをダウンロードする。

「そのアプリ、前にも使っていたのか」

「二十歳のときには。今も使えるといいんだけど」

主な連絡手段が、このメッセージアプリだった。友達の中には、アプリでしかつながっていなかった人もいる。

「記憶がない間に付き合いのあった人からいきなり連絡が来て混乱するといけない。俺と連絡が取れればいいんだから、他のアプリでもいいんじゃないか」

「うーん……でも、やっぱり今までの連絡先はあった方が便利だと思う」

景虎は眉をひそめて黙った。

どうにも私が外部と連絡をとるのが心配なのだろう。私的には、前から知っている人とやりとりするだけなら、それほど心配いらないと思うのだけど……楽天的かな。

「とりあえず、前のアドレスやＩＤを入力してみよう」

二十歳のときに使っていたアドレスやＩＤを入力してみる。私はマメにＩＤを変えるタイプではないので、就職後も同じものを使っている可能性が高い。

事故に遭う前の私がきちんと引き継ぎの設定をしていれば、新しいスマホでも今まで使っていたアカウントが復元できるはずだ。

二十歳の頃のメールアドレスとＩＤ、いくつも出てくる質問に答えると、無事にログインすることができた。

「よかった〜。二十五になっても、同じアカウントを使い続けていたんだ」

メッセージのやりとりまでは復元できなかったけれど、アプリでつながっている友達の連絡先は見られる状態になった。

安堵しつつ、友達のアイコンをざっと見て驚く。

「ひええ、ちょっと待って。高校時代の友達に子供が生まれてる……！」

アイコンの写真に赤ちゃんがいたりするとびっくりする。

と同時に本当に五年の歳月が経ったんだなあ、としみじみしていたら、景虎が横からスマホをのぞき込んで口を出した。

「なあ。混乱するといけないから、やりとりは最小限にとどめろよ。しばらくは覚えてない人から連絡が来たら、必ず俺に報告をしろ」

「はいはーい」

スマホを見たままいつもの過保護発言に適当に返事をしたら、怒られた。

「こら。ちゃんと聞けよ」

頭に手を置かれた私は、それでもスマホの画面を凝視していた。

あ、原田さん発見。課長も。と……思い出せない人も何人かいる。

「思い出せないのは、二十歳以降に出会った人ってことかな」

「単に印象が薄いやつもいたりしてな。そういうのはたいしたことないから全部消してやれ」

ぶっきらぼうに景虎が答える。私がスマホにかじりついているのがおもしろくないようだ。

「んー……？」

連絡先の名前の中に、珍しく男の人を見つけた。

「アヤト？」

表示される名前の横にあるアイコンを見る。小さな丸の中には、赤いスポーツカーの画像。

アヤトなんて知り合いいたっけ……。

うんうんと唸《うな》っていると、景虎にすっとスマホを取られてしまった。

「ちょっと！」

彼はすすっと指を動かし、アヤトという人物をブロックした。それだけでは済まさず、連絡先を消してしまった。

「あー！　なにするの！」

「君は結婚したんだ。他の男の連絡先など、必要ないだろう」

「必要とか不必要とかじゃないでしょ。他人のスマホを勝手にいじるなんて人としてどうかしてるよ！　束縛がすぎるよっ」

拳で彼の胸板をポカスカ叩くと、景虎は苦々しい顔で私の手首を握って止めた。

私の交友関係にまで口を出すとは。心配の域を越えて、干渉されているとしか思えない。

「わかった。もうしない」

吐き捨てるような言い方に、反省の色は感じられなかった。

「今度やったら離婚だからね」

「うっ。そういう破滅的な言葉をやたらと発するなよ」

「景虎が反省してないからでしょ」

スマホを取り戻し、他の連絡先を消されないうちに指紋認証でロックをかけようとすると、

「あら？」

「ん？」

景虎は背後から私を抱きしめるようにし、無遠慮に画面をのぞき込む。私は抵抗しなかった。それより気になることがあったから。

「ねえ、どうしてあなたの連絡先がないの？」

隅から隅まで見ても、景虎の名前が出てこない。夫婦なのにおかしい。指摘すると、頭のうしろでハッと息をのむような気配がした。

彼の腕の中で振り返ると、彼はいつものすまし顔だった。気のせいかな？

「俺はこのアプリが嫌いなんだ」

「どうして。便利じゃない」

「電話帳吸い上げで、昔の知り合いからいきなり連絡が来たりするだろ。手軽だからこそ、厚かましいやつらがこちらの都合関係なしにメッセージを送ってくる」

まあたしかに、昔連絡先を交換しただけの同級生から『署名に協力して』とか、『寄付を募ってる』なんて怪しげなメッセージが来ることはある。

彼ほどのセレブになると、すり寄ってくる人間も多いのかも。

「ふうん……」

でも、こんなに便利なアプリを使わないのは、私の感覚からはありえない。

彼からしたら、私の方が変わっている人なのかな。

どうしてこんなに価値観が合わない人と結婚したのか、不思議さが募る。

「あの、とりあえず放してもらえる？」

どさくさに紛れてバックハグされたままなので、落ち着かない。

「もう少し、このまま」

彼が譲歩する様子はなく、私は諦めてスマホを膝に置いた。

二十歳の私は、これほど男性と密着したことがなかった。

景虎の体温はぬるま湯のように心地いい。しかし、首筋に彼の息がかかるだけで心臓が跳ね上がる。

どうしていいのかわからない私は、ドキドキしたまま景虎の腕の中で固まっていた。


それから一週間後。私は、めでたく仕事復帰することになった。

……とはいえ、仕事量が多い秘書課は荷が重いだろうということで、景虎が提案した庶務課に配属されることに。

私は社員証を作ったり、駐車場の許可証を出したり、就労証明を書いたりという、本当に地味な事務仕事をすることになった。

「鳴宮です。よろしくお願いします」

朝礼で挨拶をすると、庶務課の人たちは「お願いしまーす」と口々に答えた。

「よろしくお願いします」

案内されたデスクの横に座っていた、中年の女性に声をかける。

「はい。わからないことがあったら聞いてくださいね」

副社長の妻という触れ込みがあったのか、庶務課の人々は好意的で、佐原さんのように敵意をむき出しにしてくることはなかった。

たしかに、ここなら平和に働けそう。

社長秘書は私を含めて五人いた。毎日目の回る忙しさで、少し体調が悪いくらいでは休めないという見えない圧力があった。

庶務課は地味だけど社員にとって欠かせない仕事をしている。が、精神的プレッシャーは比較にならないくらい軽い。

「あらこれ、副社長への郵便物だわ」

郵便物を各部署に仕分けしていたパートの女性が、老眼鏡をかけたり外したりして、何度も宛名を確認している。

取引先とのやりとりのほとんどがオンラインになったこの時代でも、毎日多少の郵便物が届く。

「あのう、鳴宮さん。これ、副社長室に届けていただいても……？　私、重役さんのフロアはどうにも苦手で」

　他の部署はそれぞれ専用のレターケースがあり、毎日誰かが確認に来る。しかし重役フロアには庶務課が届ける、変な制度があるという。

　重役や秘書は庶務課に足を運ぶ暇もないってこと？　なんだか高飛車だわ。景虎に文句を言っておこうっと。

「いいですよ。でもどうして苦手なんですか？　社長も副社長も普通の人ですよ」

「それは鳴宮さんがお嬢様だからそう思うんですよ！　庶民からしたらね、あの階の圧力ったらもう。秘書さんたちなんて、つーんとすました顔で挨拶もしないし」

　ベラベラと勢いよく秘書への文句を放った女性は、突然口を閉じた。自分の失態に気づいたらしい。

「でも、鳴宮さんだけは、お疲れ様ですって言ってくれたんですよ。私は覚えてます」

　必死に取り繕う姿を見ると、なんだか申し訳なくなってくる。

　そんなつもりはなかったけれど、忙しさのあまり素っ気ない態度になっていたのかも。だとしたら悪いことしちゃったな。

「よーし、私が行ってきますよ！」

私には怖いものなんてないもの。

ドンと胸を叩くと、女性はおずおずと景虎宛ての郵便物を差し出した。

「あの、今言ったことは……」

「あー、私はなにも聞きませんでした。大丈夫大丈夫。気楽にしてください」

ついでに社内を歩いて回ったら、見覚えのある景色にぶつかるかもしれないし。

あっ。そういえば、まだ景虎と出会った図書室に行けていないんだった。

郵便物を渡すついでに、どこに図書室があるか聞いてみよう。

私は隣の席の人に声をかけ、庶務課を出た。


先日はスルーした副社長室の前で、一度深呼吸をする。

郵便物を秘書課に届けるべきか一瞬迷ったけれど、図書室のことを聞きたいという思いが勝り、直接押しかけることにした。

三度ノックすると、「どうぞ」と聞き覚えがある声がした。

「失礼します」

ドアを開けると、広い部屋の窓際に大きなダークブラウンの机が見えた。

ガラス張りの窓を背にし、入口を向くように置かれた机から、景虎はこちらに視線を移した。

「君か。どうした？」

驚いたように目を瞬かせた彼は、座り心地のよさそうな革張りの椅子から腰を浮かせる。

「庶務課です。郵便物をお届けに参りました」

封筒を笑顔で差し出すと、彼は歩いてきてそれを受け取った。

「ありがとう。突然だからびっくりした」

「あはは、ドッキリ大成功！　そうそう、ついでに聞きたいことが……」

話しかけているのに、景虎は私を出口まで追い立てる。

ドアに背中がついたと思ったら、彼の腕が私の背後に回る……と見せかけ、ノブについている鍵をかける。カシャンという無機質な音が響いた。

「あ、あのう？」

ドアに押しつけられた私を、彼の端正な顔がのぞき込む。

「懐かしいな、こうして社内で会うの」

至近距離で見つめられると、ぼっと顔が発火したように熱くなった。

「キスしてもいい？」

右手をドアに突き立て、左手で私の髪から頬をなめらかに撫でる彼。

「仕事中でしょ」

かろうじて言い返した私の唇を、景虎は有無を言わさずに塞いだ。

「んむうっ」

漏れ出る抗議の声を隠そうとするように、彼の唇は角度を変えて侵攻してくる。

清潔なシャツが、ネクタイが、私の胸に押しつけられた。

景虎の匂いがする……。

彼のキスは麻薬のように、私の思考力を奪っていく。

ようやく解放されたときには、私はすっかり抵抗力を失い、ボーッとしてしまっていた。

「よし、チャージ完了。これで一日頑張れる」

優しく頭を撫でられ、ハッと我に返った。

「だ、あ、あ……」

「ん？」

仕事中にこんなことをしちゃいけない、と言いたいのに、うまく声にならなかった。

今までも、たびたびこういうことをされていたのかと思うと、恥ずかしい。

「それで、聞きたいことって？」

涼しい顔で、今思い出したように問いかける彼が憎らしい。

「も、もういい！　じゃあねっ」

自分だけが動揺しているのが悔しくて、逃げるようにその場から立ち去った。


その後、顔の火照《ほて》りがおさまってから庶務課に戻ると、思っていたより多くの仕事があったので、図書室の場所を探索する時間は取れなかった。

仕事を覚えるだけで手いっぱいのまま数日が過ぎ、気づけば土曜日になっていた。

家事はほぼ上田さんがやってくれるので、帰ってきたら彼女の作ってくれたおいしいご飯を食べ、ピカピカに磨かれたお風呂に入ることができる。

私がやるより細かいところまで手が行き届いていて、さすがプロだと思う。上田さんには感謝しかない。

多くの共働き家庭では、奥さんが仕事をしつつ家事育児もこなしていると聞く。

うちの母も、なんでも自分でやる人だった。ご飯は毎日作っていたし、三人の子供の面倒も見ていた。たまに家事代行サービスを使うのは、母の疲れが溜まったときや、体調を崩したときだった。

私がいざ出産したら、ちゃんと子育てできるかな。自分のことも他人任せなのに、赤ちゃんの世話までするとなると、自信ないなあ……。

「今日は一緒に出かけるから」

「はい？」

休日だけ自分で運転ボタンを押す洗濯機の前で、ジェルボールを持った私は動きを止めた。

振り返ると、景虎が私服姿で立っている。ただの無地Tシャツなのにカッコよく見えるので、顔がいいっていうのは得だなとしみじみ思う。

「どこへ行くの？」

食品や生活必需品の買い出しは、もっぱら上田さんに依頼するかネット注文だ。彼から外に出ようという申し出は外食以外なかったので、どこへ出かけるのか予想がつかない。

「結婚式」

「えっ！」

「は、まだできないから。写真だけ、撮ろうと思って」

私たちの結婚式は、彼や社長の仕事、親戚縁者諸々の予定を合わせて決めるはずだったという。その矢先、肝心の花嫁の記憶喪失のせいで、先の見通しが立たなくなってしまった。無理に式を挙げてボロを出すといけないからだ。

表向きには、〝事故の傷が完全に癒えるまで延期〟となっているが、私に外傷はほとんど残っていない。

「写真……」

「予約していたのを忘れていたんだ。いきなりで申し訳ないが」

写真、嫌いって言ってたのに。

私はじっと景虎の涼やかな目を見つめる。

もしかして、私が写真がないことを訝《いぶか》ったから、撮る気になったのかな。

前から予約していたというのは、彼なりの心遣いか。

「ううん、嬉しい。行くよ」

とりあえず全身脱毛は済んでいるし、生理中でもない。上田さんの塩分控えめの手料理のおかげで、顔がむくんだりもしていない。

それに……写真でも撮ったら、新婚気分が盛り上がりそうだし。

ここ数日一緒に暮らしてみて、私たちは政略結婚の仮面夫婦ではないと感じた。

景虎は多少過保護にも思えるけど、それは事故に遭った私を心配しているからだろう。

とにかく私に甘いし、隙あらばスキンシップを試みてくる。

隣に座っていると肩を抱かれ、手をつないで指を絡ませられる。出勤前にはキスをするし、添い寝するときは頬を撫でられる。

最近はそれらを受け入れられるようになった自分にびっくりだ。

夫なのだから、緊張しても拒否してはいけない、最初はそう思っていたのに。いつの間にか、彼の体温を心地いいと感じている自分がいた。

記憶がない面を除けば、私はすごく幸せな結婚生活を送っていると言える。

夫婦らしいことをすれば、もっともっと、私はこの人の妻なんだという自覚が芽生えるかもしれない。

「じゃあそれが終わったら着替えて」

彼はかすかに安堵したような表情を浮かべていた。

突然だったから、私が拒否すると思っていたのかな。

ジェルボールを洗濯機に放り込んで洗濯から乾燥までのコースを設定し、私は彼のあとを追った。

彼の車に乗って着いたのは、とあるホテルだった。

創業は明治時代で、戦火で一部焼失するも改築を繰り返し、今まで生き残ってきたらしい。中はアールデコ様式の歴史を感じるたたずまいをしており、大きな螺旋《らせん》階段が目を引く。

「ここで大正時代が舞台の歴史ドラマの撮影もあったそうだ」

「へえ～。素敵だものねえ」

こういうホテルに来たのは初めてだ。両親は純和風の旅館が好きで、幼い頃から旅行といえば旅館だったから。

「ではおふたりとも、こちらへ」

案内役の従業員が私たちを別々の部屋に案内する。

ひとりになった途端、急に心細くなった。

「こちらのドレスと着物で承っておりますが、お間違いありませんか」

私の着付け係と思われるパンツスーツの女性が、かかっていたウエディングドレスと振袖を見せてくれる。その瞬間、心細さが吹っ飛んだ。

「わあ、素敵」

本心から出た言葉だった。

ドレスはオフショルダーのすっきりしたデザインで、スカート部分はAライン。

振袖は紅地に大きな牡丹《ぼたん》の花が咲き誇る、伝統的な柄のもの。

二着とも、クラシックな内装によく似合いそうだった。

「あの……変なことを聞いてもいいですか？」

この二着は、以前に私が来て選んで予約していったのか。それとも、景虎が伝えたイメージをもとに従業員さんが選んだのか。

「はい？」

「いえ、ごめんなさい。なんでもないです。この二着で間違いありません」

首を傾げる着付け係さんに、すぐに謝った。

そんな質問をされたら、気味が悪いよね。さすがにここの人たちは、記憶喪失のことなど知らないだろうし。

「では、ドレスからお願いいたします」

私は素直に、着付け係さんの指示に従った。

着替えを終えた私は、普段履いているヒールよりも少し底の高い靴で、着付け係さんの手を借りて歩いた。

まるで歩きだしたばかりの赤ん坊のような心もとない足取りで、螺旋階段の前に着く。

手すりに寄りかかるようにして私を待っていた景虎は、黒のタキシードを着こなしていた。

「お待たせ」

着付け係さんが手を放した。なんとなく気恥ずかしくて、高虎の顔が見られない。着付けを終えたあと、ドレスをまとった自分の姿を鏡で見てぐっときたのは、彼には内緒。

急に母や父の顔、実家で過ごした思い出がよみがえってしまったのだ。今まで育ててくれてありがとう……なんて、本人たちもいないのに勝手に胸を熱くした。

「……あの、景虎？」

いつまで経ってもリアクションがないので、ついに顔を上げた。

すると、彼は手で口元を隠していた。

「すまない。あまりに綺麗で、にやけが止まらない」

にやけが……。

私から視線を逸らす景虎。

つまりこれは、照れているってこと？

「ええと、早速撮影を始めたいのですがよろしいでしょうか？」

「あっハイ！」

カメラマンさんに声をかけられ、いつもの調子で振り向いた。

と同時に、ヒールでドレスの裾を思いっきり踏み、体がぐらついた。

「おっと」

にやけていたはずの景虎の声が聞こえた。

数秒後、私は無事に彼の腕の中にすっぽりとおさまっていた。

「また頭を打ったら大変だ。慎重にいこう」

「あ、ありがとう……」

彼に支えられ、体勢を立てなおした私はそのまま手を引かれる。

カメラマンさんの指示に従い、階段を上がる間、彼はずっと私が転ばないように支えてくれた。

綺麗と言われたときから、私の胸は高鳴りっぱなしだ。せっかくメイクをした顔が赤くなっていないか心配になるほど火照っているのを感じる。

「おふたりとも、笑ってください」

緊張で顔が引きつった。けれど、なんとか笑顔を作る。

「じゃあ次は、花嫁さん、ご主人の首に手を回して」

「え……こ、こう……？」

景虎と向かい合い、手を伸ばす。

彼の首のうしろで指を組むと、自然と視線がぶつかった。

「近くで見ても、綺麗だな」

「ぷ、ふふ」

微笑んで囁かれたのが照れくさくて、つい笑ってしまう。

一度笑うと、スイッチが入ったかのように止まらなくなってしまった。

「あー恥ずかしい」

「いいじゃないか。このままキスシーンも撮ってもらおう」

「それは嫌！」

顔を寄せようとする景虎を拒否すると、カメラマンさんから笑い声が聞こえた。

だって、結婚式でもないのに人前でキスとか無理。恥ずかしい。

「やっと柔らかい表情になりましたね～」

カメラマンさんの言葉通り、今のがきっかけで緊張が解けたような気がする。

普段の笑顔を取り戻した私と、完璧な紳士の景虎は、その後何カットか撮影し、和装に着替えた。

「花嫁さん、今度は爆笑じゃないですよ。ちょっとしっとりした写真にしましょう」

カメラマンさんに言われ、ホテルの日本庭園をうつむき加減で歩く。

「和装もいいな。うなじが素晴らしい」

完全な日本髪ではなく、今風にアレンジされたアップスタイルの私をうしろから見る景虎は、ちょっとおじさんくさかった。

「もう、やめてよ」

「あはは。ご主人は花嫁さんがかわいくて仕方がないんですね」

かわいくて仕方がないなんて。ちらっと景虎を盗み見ると、照れくさそうに笑っていた。

じわりと胸が熱くなる。景虎、本当にそう思ってくれているのかな。そうだといいな……。

その後も撮影は順調に進んだ。

終了して景虎とは別の控室に入ったとき、なんとも言えない寂しさが胸に募った。

もう少しだけ、綺麗なままの私で、景虎の前にいたかった。

重い衣装を脱いで私服に戻ると、首から上と下が別次元の人間になっていた。

私は写真用の濃いメイク――まるで、昔からある女性だけの人気歌劇団のようなな――で控室から出て、同じ階にあるレストランに向かった。

「お疲れ様。お待たせ」

先に席についてアイスコーヒーを飲んでいた景虎が振り返り、私の顔を見ると、手を口にあてて背を向けた。

「なに。また私のかわいさにやられた？」

冗談を言いながら彼の正面に座ると、彼は肩を震わせていた。

くくく、と喉から低い笑いが漏れ聞こえる。

「ごめ……私服だとギャップが……。顔だけ目立つ……あの歌劇団の人かと……」

「こらっ」

フサフサのつけまつ毛もそのまま、くっきりアイラインもそのままの私は、やっぱり現実世界では浮いているらしい。

「しょうがないでしょ。メイク落としまではプランに入っていなかったんだもん」

彼らは素敵な写真を撮るのが仕事であり、そのあとは知らん顔だ。

髪もスプレーでガッチガチに固められたまま、『ありがとうございました！』と笑顔でお別れされてしまった。

事前に頼んでおけば、普段のメイクに直してもらうことができたのかな。

「そうかそうか。それは残念だったな。それにしても腹が減った。さあ、食事を注文しよう」

「いや……もうそこまで笑われたら帰るしかないよ。飲み物だけにしよう」

このメイクのまま食事をするなんて、どういう羞恥《しゅうち》プレイよ。私にはそういう趣味ないんだからね。

尖らせた私の唇に、彼はそっと人差し指をあてた。

「気にするな。ここの従業員は慣れているし、教育されているから、笑ったりしないさ」

「まあ、従業員さんは団員になっちゃった花嫁を見慣れてるよね」

団員、という言葉に反応した景虎は、ついに「ははは」と豪快に笑った。

いつもちょっと怖い顔で仕事をしている厳しい副社長。彼の爆発的な笑顔を見ることができるのは、私だけなんだ。

そう思うと、結婚ってすごいな、と思う。

私しか知らない彼の顔を、これからどれだけ発掘していけるだろう。

「もういい。お腹が空いたからガッツリいかせてもらうよ」

「ああ、そうしろ。腹が減ったら大きな声が出ないからな」

「歌劇団ギャグはもういいから！」

ひとしきり笑ったあと、私はミックスフライランチを、彼はステーキ御前を注文した。

注文を取る間も、料理を運んできたときも、ウエイターは私を見ても頬をぴくりとも動かさなかった。さすがプロ。

「いただきます」

綺麗な俵型のカニクリームコロッケにナイフを入れたとき、ハッとした。

私さっき、景虎のことを〝いつもちょっと怖い顔で仕事をしている厳しい副社長〟って思った。スーツ姿で冷たい目をしている彼の姿が、自然と脳裏に浮かんだ。

そんな彼は記憶喪失になってから見ていないはずなのに、どうして？

この前、副社長室に行ったときは、普段家にいるときと変わらない表情で、怖い顔などしていなかったのに。不思議で仕方ない。

もしかして私……一瞬だけど、彼のことを思い出しかけた？

「どうした？　食べないのか」

言われて、我に返って手元を見た。

コロッケの中のクリームソースが、お皿の上にだらしなく流出していた。

「う、ううん。食べるよ」

ごまかして料理を食べ進める私を、彼はじっと見ていた。その視線はまるで私の考えを探っているようだった。

なぜか私は、彼の記憶について、話すことができなかった。彼はその話題を望んでいない。なんとなく、そう感じたから。


ホテルを出たあとは、夕食の惣菜《そうざい》を求めに景虎の車でデパートに寄ることにした。

私が最初に駆け寄ったのは、コスメカウンター。

だって、歌劇団メイクでデパ地下をウロウロしたくないもの。

販売員さんの手でナチュラルメイクに戻してもらった私は、新作のメイク用品を何点か買い、上機嫌でその場を離れた。

「やっぱり、こっちの方がかわいいな」

ずっと近くで見守っていた景虎が、私の手を握って言った。

メイクが終わるまで待つのは退屈だろうから、別のフロアを見てくれればって言ったのに。彼は『なにかあるといけないから』と言って、頑《かたく》なに私のそばから離れようとしなかった。

販売員さんはさすがにプロで、景虎には気を取られず、気持ちのいい接客をしてくれた。

「でしょう。あまりにかわいい色だから、つい買っちゃったよ」

アイシャドウとリップの入った紙袋を掲げてみせる。どちらも新作だ。

振袖に合わせた赤いアイシャドウは、歌劇団のようでもあり歌舞伎《かぶき》的でもあった。

普段遣いにはナチュラルカラーの方が断然好き。

「色というか……まあいい。気に入ったものがあってよかった」

「景虎は、お買い物しないの？　服とか」

彼は首を横に振った。

「ちょっと疲れたから。食べ物を買って帰りたい」

「あっ、そうか。写真を撮ったものね」

私も重い衣装を着て肩が凝っているし、普段履かないハイヒールの影響でふくらはぎがパンパンだ。

仲良くエスカレーターに乗って地下に向かう途中、ふと気づく。

もしや、彼は私が疲れているだろうと気を使ってくれたのかな。彼も慣れない衣装を着たけど、私よりは基礎体力があるはずだもの。

「気兼ねなく食べろよ。もう写真は撮ってしまったから、少し太ったって大丈夫だ」

食品フロアに降りると、あちこちからいい匂いが漂ってきた。

夕飯の惣菜だけじゃなく、パンやスイーツなど、いろんなものが欲しくなる。

太ったって大丈夫って……景虎、私を甘やかしすぎじゃない？

彼は私のどこを、それほど気に入ったんだろう。

本好きなのがきっかけだったのは知っている。それ以降、私のどんなところを好きになってくれたのかな。

家に帰ってから聞いてみようと思い、ひとまず惣菜を選ぶことに集中した。

デパートを出て駐車場まで歩く間、荷物はほぼ景虎が持ってくれた。私は化粧品の紙袋しか持っていない。

「買いすぎちゃったね」

結局、見るものすべてが欲しくなり、惣菜だけでなく、スイーツやお菓子を何種類も買ってしまった。

「上田さんへのお土産分もあるからいいんだよ」

そうそう、いつもお世話になっている上田さんに、おいしそうなチョコやクッキーを買ったんだった。

ほんと、彼女がいなければ私たちは生活できていないよ。

実の母よりお世話になってるもんなあ……子供が生まれたりしたら、一緒にお世話してくれるかな。離乳食も作ってほしい。

まだ影も形もない赤ちゃんの想像をして、急に顔が熱くなった。

やだ、私ったら。授かるためのあれこれをしていないのに、授かったあとのことを考えるなんて。

「あ、本屋だ」

彼が大型書店の前で足を止める。

「寄る？」

本はネットでも買えるけど、読書好きとしてはやっぱり本屋さんが好きだ。

インクの匂い、平積みされた新刊本。思い浮かべるだけでワクワクする。

特に大型書店は、歩くたびに新たな発見がある。

まず新刊コーナーをざっと見て、いろんなジャンルの棚を渡り歩き、気になった何冊かを選ぶ。ときには、表紙が綺麗だから――そんな理由であらすじも確認せずに買い、読んでみることもある。すると有名でない作者の作品でも、すごく魂《たましい》を揺さぶられるものに出会ったりしておもしろいのだ。

「いや、またにしよう」

景虎は両手に持った食品に視線を送った。早く帰らないと悪くなってしまうものもある。

私たちが本屋に足を踏み入れたら、長時間居座ることは必至。残念ながら、今日はそれができない。

うなずき、また歩みを進めると……。

「萌奈?」

うしろから呼ばれ、足が止まる。

「萌奈。萌奈だろう?」

私の名前を連呼する男性の声。

聞き覚えがあるような、ないような……。

心臓が跳ね上がり、脈拍が速くなる。指先が痛くなるほど緊張しているのが、自分でもわかった。

汗ばむ手で景虎の手をぎゅっと握り、おそるおそる振り返った。と、同時に、

「萌奈！」

肩を掴まれた。

至近距離で、ひとりの男性が私を険しい目で見つめていた。にらんでいると言っても過言ではない。

景虎と同じくらいの年だろうか。長い前髪が額の真ん中で分かれ、耳の横でくるんとカーブしている。

体に張りつくような半袖Tシャツからは、たくましい腕がのぞいている。手首にハワイアンジュエリーと高級時計が輝いていた。

「お前、この二週間ほど、なにをしていたんだ。急に連絡が取れなくなって、心配していたんだぞ！」

怒鳴るようにまくしたてる男性に、私は恐怖を覚えた。

言い返す言葉が見つからず、目を瞬かせる。

誰だろう、この人。私のことを知っているようだけど……。

「実家に連絡したら、信じられないことを言われて……全部嘘だよな、萌奈」

詰め寄る彼から視線を逸らす。

必死に思い出そうとしても、思い出せない。

体が思い出すのを拒否するように、頭痛がしだした。なにかで刺されるような痛みに、思わず目を閉じる。

「その手を放せ」

景虎の低い声にハッとして目を開けた。

いつの間にか、私の肩を掴んでいた手を、景虎が握って放させていた。

「なんだよお前は。誰なんだ」

力ずくで腕を振り払った彼は、景虎を遠慮なくにらむ。

「お前こそ誰だ。人違いをしているんじゃないのか。彼女は俺の妻だ」

「妻だって？」

ぎろりとにらまれ、身がすくんだ私を守るように、景虎が立ちはだかる。

すれ違う人々の視線が刺すように私たちを見ていた。彼らからすると、男性の肩を掴んだ景虎が悪役に見えるだろう。

「なんか揉《も》めてるよ」

「警察呼んだ方がいいかな？」

殴り合いになりそうな様子を心配する声まで聞こえてきた。

「行くぞ」

景虎は身を翻《ひるがえ》すと、私を抱えるようにして早足で歩きだす。

騒ぎになると困るからか、正体不明の男性はそれ以上追いかけてこなかった。

駐車場に駆け込み、車に乗ってドアをロックする。

正体不明の彼が今にも追いかけてくるのではないかと、気が気ではない。

「ど、ど、どうしよう。あの人、私のこと知っているのかな」

何度も私の名前を呼んでいた。見ず知らずの人とは思えない。

「ねえ、逃げちゃった。逃げたけど、戻った方がいい？　一度、あの人と話した方がいいの？」

彼は私に言いたいことがあるようだった。

「落ち着け萌奈。君は混乱している」

「だってあの人、完全に私の名前呼んでたんだもん。彼は誰？　景虎は知っているの？」

問い詰めると、ぐいっと頭を引き寄せられた。

気づけば、狭い車内で、私は彼に抱きしめられていた。

「一度深呼吸しろ。大丈夫だから」

呼吸するたびに、彼の香りが肺を満たしていく。

優しく髪を撫でられていると、かき乱された気持ちがだんだんと落ち着いてくる。

「無理に思い出そうとしなくていい。ゆっくりでいいんだ」

「うん……」

攻撃的だった正体不明の男のことを思い出すのは、正直怖かった。

あの男は誰なのか。私と彼はいったいどういう関係なのか。どうして、怒ったような顔をしていたのか。

景虎は彼を知っているのかな。彼の方は、景虎のことは知らないみたいだった。

頭の中に次から次へと湧いてくる疑問は、私を不安にさせる。

彼の温かさに甘え、私は考えることを放棄した。

もう、なにも思い出せなくてもいい。このまま景虎と一緒にいられたら……。

景虎は私が落ち着くまで、黙って髪を撫でていてくれた。

プロポーズのやりなおし

週明け、景虎は私が電車で通勤するのを許してくれなかった。先週まではタクシー通勤させてもらっていた。そろそろ慣れてきたから電車で行きたいと申し出たけど、却下されたのだ。昨日のようにパニックになると困るから――と。

朝食を食べたあと、景虎はスーツに袖を通して言った。

「今日からは俺の車で一緒に行く。無理な日は今まで通りタクシーだ」

「そこまでして行く意味あるかな」

「そう思うんだったら、いつでも退社してくれ。俺は構わない」

むろん、前みたいに記憶にない人にいきなり声をかけられてトラブルにならないようにとの心遣いだろう。でも。

「そういう言い方はないんじゃない？」

たしかに今の私は二十歳までの記憶しかなく、会社では役に立たない人間かもしれない。自分でわかっていても、それを包み隠さない景虎の言い方には傷つく。

「そもそも、会社にいたら記憶が戻るかもしれないって理由で通っているんだろ。で、庶務課は君にとって効果があったか？」

「いや……それは……」

ずっと緊張しっぱなしで忙しかった秘書課に比べると、庶務課はのほほんとしていて、居心地がいい。ただ、私の記憶を刺激してくれるようなことはない。

おかしいなあ。秘書課のメンバーの顔は思い出せたのに。どうして同じ会社に通っていて、他のことはさっぱりなのかな。

よっぽど頭の変なところを打ったのか……。

「そ、そうだ。そろそろ例の図書室に案内してくれてもいいんじゃない？」

社内には景虎と出会った図書室があるはず。そこに行けば記憶の手がかりが掴めるかもしれない。

「仕事中に案内している暇はない」

景虎は言い切った。

「終業後は？」

食い下がると、彼はため息をついて私を見下ろす。

「最近仕事が立てこんでいるから、今日も何時に終われるかわからない。約束はできない」

「あ、そうですか……」

仕事が忙しいんじゃあ仕方がない。

「じゃあ仕事が終わったら、誰かに聞いて探すよ」

「図書室よりも、身の安全が第一だ。暗くならないうちに帰れ」

景虎は全然応援してくれる気配がなかった。

この前みたいにちょっと怖そうな人に絡まれたら困るのはわかるけど、どうしてふたりの思い出の場所まで隠すようにするのか。

思い出せ思い出せって追いつめられるのもしんどいけど、まったく協力しようとする素振りがないのも、不自然じゃない？　なにか理由があるの？

聞いたらケンカになりそうだから、私は黙って彼の車の助手席に乗り込んだ。

会社の駐車場で車を降り、ビルまでは徒歩で向かう。

「私、あなたのあとから行くね」

景虎は、背が高くて華があって……とにかく目立つ。

私としては、副社長夫人というよりも地味な一般社員でいたい。興味本位の視線を受けたくないのだ。

だから一緒には行かず、彼の姿が見えなくなってから建物に入ることにした。

「そうだな」

彼も仕事とプライベートは分けたいらしい。

じゃあ、あの副社長室でのキスはなんだったのか。人目がなければいいのかな。それともただの気まぐれか。

景虎の背中を見送りつつ、花魁《おいらん》のようにゆっくりと歩を進める。

――と、うしろから名前を呼ばれたような気がして、振り向いた。

しかし、数名の社員の姿がぽつぽつと見えるものの、私の名前を呼ぶような知り合いはいなかった。

「気のせいね」

くるりと踵《きびす》を返して歩きだす。

――と、今度は後頭部に視線を感じた。

振り返っても、やはり誰とも目は合わない。

なんだろう。なんだか不気味……。事故に遭ってから、記憶だけじゃなく感覚にも不具合が起きているのかな。

「シックスセンスが目覚めていたりして……うひゃあ」

自分で言ったことに青ざめ、二の腕をさする。

いやいや、幽霊の声が聞こえるとか、そういう能力いらないから。

昔から心霊系の話が苦手だ。怖い漫画とか映画とか、お金を出してわざわざ見る人たちの気持ちがいまだにわからない。

「気のせい、気のせい」

その後もビルに入るまで何度か視線を感じたけれど、決して第六感が目覚めたのではなく、ただの気のせいだと自分に言い聞かせ、早足で歩いた。


数日後。庶務課は月末が近くても、のほほんとした雰囲気を自然に保っている。

父のコネがなければ、私は秘書になどならず、こういう地味な部署で地道に働くことを選んでいたんだろうな。

それとも記憶がよみがえったら、二十五歳の私は秘書の仕事に戻りたくなるんだろうか。

そう考えると、記憶を取り戻すということは、今の私がまるで別の人間になってしまうようにも思える。

そういえば、この前私の名前を呼んだ男性……。彼は誰なんだろう。

頭の中にちょっとチャラそうだった彼の姿が浮かぶ。

全然好みではないし、友達にもなれそうにない。私は元来真面目で優しそうな人が好きだ。

いったいどういう関係だったのかな……。

来月から働き始めるパートさんのための書類を作りながら、そんなことを考えていた。

家ではチャラそうな彼についてあまり考えないようにしている。彼のことを話題にすると、景虎があからさまに不機嫌になるからだ。

やっぱり、景虎は彼のことを知っているのかな？　しかも、いい感情を持っていないような気もする。

声をかけてきた男性の顔を頭の中に描くと、突然辺りが眩しくなったような錯覚に襲われる。

「いたっ」

突然の頭痛とめまい。

無理に思い出そうとすると、いつもこうなってしまう。これだけはいつまで経っても慣れない。

頭を押さえて目を閉じ、じっとしていると、

「大丈夫ですか？　痛み止めありますよ」

隣の席から優しい声がした。目を開けると、先輩社員さんが自分のポーチの中を探ってくれていた。

「大丈夫です。ありがとうございます」

いけないいけない。やっぱり仕事中に考え事をしちゃダメだ。

私は改めて机に向きなおった。


その後、庶務課で注文する雑品を扱う外部業者との商談に立ち会わせてもらった。電球ひとつでも、よりよい商品をより安く提供してくれるように交渉する必要がある。それを勉強させてもらい、午前の仕事を終えた。

秘書課にいた頃より心に余裕ができたとて、それなりに疲れるものは疲れるし、お腹は時間通りに空く。今日も空腹を感じて時計を見ると、昼休憩の時間になっていた。

お昼は社員食堂を利用している。庶務課の人たちはお弁当派が多いので、私はいつもひとりで行く。

うちの社員食堂は、だだっ広くてレストランのようにおしゃれ、しかも栄養バランスが考えられたおいしい料理が食べられると評判。テレビの取材が来たこともある。

今日もいつもの日替わり定食を注文し、選べる小鉢を――小松菜のおひたしとひじきの煮物にしてみた――トレーに載せ、座る場所を探した。

今日は特別混み合っている。テーブルはグループで座っている人たちがほとんどで、空いている場所がなかなか見つからない。

メインの豚肉のピカタをのせたトレーは熱く、早く手を離したくてたまらない。

きょろきょろしていると、不意に声をかけられた。

「萌奈ちゃん、おいでよ」

助かった。ぱあっと笑顔でそちらを振り向くと、原田さんが手を振っていた。

「お邪魔しまあす」

原田さんの横に座ると、彼女の向かいに座る人と目が合ってビクッと肩が震えた。

じとっとこちらをにらむのは、私を嫌っている佐原さんだ。ショートヘアに大きめのピアスが映える。

「あ、あわ……」

「佐原ちゃん、にらまないの。萌奈ちゃんが怯《おび》えてるでしょ」

原田さんが私の肩を抱く。

佐原さんは茶番に付き合っている暇はないとばかりに無視し、素早く箸と口を動かした。そして、さっさと食べ終えると、トレーを持って立ち上がる。

「え、もう行くの？　もっとゆっくりしていけば？」

「無理です。せっかくの休憩時間ですもの」

佐原さんはちらっと私を見て、すぐに視線を逸らした。

せっかくの休憩時間、嫌いな私の顔を見ずに違うところでゆっくりしたいというわけだ。

「あの、私がどこかに移動しますから」

どうぞ座っていてください、と言わせてもらえなかった。佐原さんは私をまるきり無視して、足早に消えてしまった。

「放っておこうか。食べよう」

原田さんの前には、私と同じ日替わりランチが置かれていた。

私も箸を手に取り、もくもくと食事を口に運ぶ。胃が満たされてくると、沈んでいた気持ちが浮上してきた。

仕方ないよ、佐原さんはああいう人だもの。子供っぽいというか……うん、正直なのよ。自分の気持ちに。

過去何度も無視されたりして、その都度諦めてきた。あっちが私を拒絶している限り、和解することなど無理なのだ。

そういった悲しいことは少しずつ思い出せる。

「すいません。私が座っちゃったばかりに」

午後から佐原さんと一緒に仕事をする原田さんが心配で、謝った。

「んーん。気にしないで」

原田さんは平気な顔で首を横に振った。

「あの子は潔癖症なのよ」

「はあ」

その言い方じゃあ、まるで私がバイキンみたいだと思ったけど、言わないでおいた。

〝気に入らないものをとことん排除したい性格〟というたとえだろう。

「それより、体の方はどう？　もうすっかりいいの？」

「ええ、体の方は元気です」

頭以外は幸い打ち身だけだったので大事にならずに済んだ。事故後しばらくはあっちこっち痛くて、おばあちゃんみたいに湿布を貼りまくっていたけど、今ではそれもない。

「記憶の方は？　なにか思い出せた？」

優しく聞かれ、私は力なく首を横に振った。

「相変わらず……。秘書課のことはたまに思い出すんですけど」

「そっかあ」

原田さんは綺麗な箸使いで、食事を進める。

余計なことを言わない彼女が好きだ。興味本位で聞いているのではないことがわかる。

私は原田さんの優しさに甘えたくなって口を開いた。

「やっぱり、思い出さないといけないでしょうか」

「うん？」

「私が相手を忘れていても、相手は私を覚えているじゃないですか。だから一生懸命思い出そうとすると、めまいとか頭痛がして……体が拒否反応を起こしているんじゃないかって思うんです」

景虎と結婚したこと、付き合っていた頃のことなどを思い出さないといけないのに、彼に甘えてそれもままならない。

「そう。萌奈ちゃんがそう感じるなら、本当に体や心が拒否しているんじゃない？」

原田さんは水を飲み、言葉を継いだ。

「いいんじゃない？　今が幸せなら。無理に思い出さなくても」

「そう……ですか？」

「あくまでも、今萌奈ちゃんが幸せならだよ」

私は今、幸せ？

ぽんと脳裏に浮かんだのは、景虎の顔だった。

私のことを愛してくれる旦那様がいる。彼は原田さんと同じく、無理に思い出さなくてもいいと言ってくれる。

『もう一度恋を始めよう』

記憶をなくしたことを責められても仕方のない相手にそう言ってもらえたのは、嬉しかった。

彼は私が感じる不安を、できるだけ軽減しようとしてくれているのだ。

「はい……私、幸せです」

うなずくと、原田さんはふふっと微笑した。見惚れてしまうような綺麗な笑みだった。

「よかった。私が知っている萌奈ちゃんは、いつも悩んでいるみたいだったから」

「そうなんですか？」

そういえば、秘書課に挨拶に行ったとき、彼女はなにかを言いかけたような。

たしか、『悩んでいた相手とは……』って。

私は秘書課以外の対人関係で悩んでいた？

「教えてください。私、いったいなにに悩んでいたんですか？」

ずいっと顔を寄せると、つんとおでこをつつかれてしまった。

「さっき言ったばかりでしょ。今が幸せなら、過去にこだわる必要はないの」

「でもっ、答えを知っている人がここにいるのに教えてもらえないなんて～」

気になって夜も眠れない。クイズ番組の答えをＣＭで遮られるくらい気持ち悪い。

「ほら、考えすぎちゃうとまた頭痛がしちゃうよ？」

「うっ」

それは嫌。頭痛やめまいのつらさはすっかりトラウマになっていた。

「副社長がなんでも知っているんじゃないの？　他人に教えられるより、彼に教えてもらった方がいいと思うな」

「かげ……副社長は、自分から私にあれこれ話すつもりはないみたいで。無理に思い出さなくてもいいって言うんです」

「じゃあ、私も副社長に賛成。異議なし」

笑顔の原田さんに、フグのように頬を膨らませた私。

「副社長がそう言うなら、きっと思い出さなくていいことなんだよ」

原田さんはそう締めくくり、話題を終わらせてしまった。どうやら、彼女の口を割らせるのは無理らしい。

私は諦め、残っていた食事を口に運ぶことにした。

午後も誰かに敵意を向けられたりすることなく、平和に仕事をした。

定時は五時。会社を出ると、まだ日が沈んでいなくて、なんとなく得した気分になった。

どこかに寄って帰ろうかな。カフェとか本屋さんとか。

ウキウキした頭に、ふと景虎のお小言がよみがえる。

あー、いけない。まっすぐ家に帰らなきゃ。ひとりでいるときにパニックになったら困る。

呪文のように繰り返されたせいで、私の中に〝ひとり歩き＝危険〟のイメージがしっかり根づいてしまった。

やだなあ。いつまで、こんな生活をしないといけないんだろう。ひとりで出歩けないなんて、つまらない。

景虎や実家の父母がいれば安心だけど、こうやって時間が空くたびに呼び出すわけにもいかない。

仕方がない、帰ろう。外出は景虎がいるときに満喫しよう。

それに、私にはあの素敵な書斎があるじゃない。

てくてくとタクシー乗り場に向かって歩いていた足がピタッと止まった。

「そうだ！」

暇なら、今から社内に戻って、図書室に行けばいいんだ。

いつも社内を交代で歩き回っている守衛さんなら、場所を知っているかも。

ビルの方を振り向こうとすると、それを遮るようにバッグの中でスマホがけたたましく震えた。

「はいはいはい～」

慌ててバッグの中を探るけれど、ポーチやら汗ふきシートやらマスクの入った袋やらが邪魔で、なかなか取り出せない。

仕方なく両手で持ち手を大きく広げて中を見た瞬間、震動はやんでしまった。

「あら」

ようやくスマホを探りあてると、待ち受け画面に着信を知らせる表示が出ていた。

アプリ経由ではなく、普通の電話の着信だ。

タップすると、電話帳に登録されていない相手から着信があったことがわかる。

誰だろう……。

画面を見ていると、ふとひらめいた。

もしや、あの人だろうか。アプリを設定しているときに景虎が消してしまった、男の人。名前はなんて言ったっけ。

うーんうーんと唸る。

事故に遭ったあとの記憶も思い出せないとは情けない。でも一瞬見ただけだったもの、仕方ないよね。

電話をかけなおした方がいいのかな。でも、ただの間違い電話や迷惑電話だと嫌だし。

もう一度電話が来るのを待ったが、それ以降連絡はなかった。

まあいいか……。どうしても重要な用事があるなら、また連絡が来るでしょう。

スマホをしまい、歩こうとするとまたバッグが震えた。

もしや、さっきの名無しさん？

今度こそ素早くスマホを掴んで見ると。

「あら」

画面には『景虎』の文字。跳ね上がった緊張が、するすると滑り落ちていく。

「もしもし」

《もしもし。もう仕事は終わったか？》

庶務課は秘書課と違い、残業はほぼない。

「うん。今会社から出たところ」

《まだタクシーには乗っていないな》

「乗ってないけど……どうしたの？」

こういった電話は初めてだ。もしや、例の図書室に案内してくれる気になった？

《珍しく早く終わったんだ。一緒に帰ろう。連れていきたいところもある》

景虎の声は終業後だからか、明るく聞こえた。やはり誰でも、仕事が早く終わるとウキウキするのかも。

「うん、わかった」

電話を切り、私は駐車場へ向かうことにした。

図書室に行く機会を逃したことより、今から景虎がどこに連れていってくれるのかが気になり始めていた。

四十分ほど車に乗って着いたのは、横浜《よこはま》の客船ターミナルだった。

港ににゅっと突き出しているようなそれは、一階部分が駐車場になっている。

二階はホールや出入国ロビーの他にレストランやカフェもあるらしいので、そこで食事をするのかも。

「上田さんには連絡しておいたから」

景虎は迷う様子もなく私を誘導する。

たしかに、夕飯を用意させておいて食べないんじゃ上田さんに申し訳ない。

私より早くそういうところに気づく景虎に、素直に感心した。

東京《とうきょう》の夜景はマンションから見慣れているけど、横浜の夜景は初めて。

ワクワクしながらレストランの看板がある方に歩いていく私を、彼は手を掴んで止めた。

「こっちだ」

「はい？」

彼が指さした先には出航カウンターがあるだけ。今は誰も並んでいない。代わりに到着したばかりの客がちらほらといた。

景虎に手をつながれてついていくと、彼は迷いなくカウンターに近づいた。

まさか、今から船に乗ろうというの？

港に停留していた大型客船が脳裏に浮かぶ。ああいうのって、予約してないと乗れないはずだけど……。

「鳴宮様ですね。お待ちしておりました」

まだ名乗ってもいない景虎に、受付スタッフがにこりと笑う。

「ねえ、どういうこと？」

「いいからついてこい」

手をつないだ私たちを、スタッフが案内する。船着き場には複数の客船が停留していた。

「船、乗るの？」

「ここまで来たらわかるだろ」

そりゃあ、出航カウンターで受付して、ターミナル見学だけってことはないと思うけど。

なにも聞かされず戸惑う私が行きついた先は、あるクルーザーの前だった。大型客船に比べれば見劣りはするけど、それでもじゅうぶん大きい。

「五百人くらい乗れるかな？」

「おそらくそれくらいだろうな」

いわゆるナイトクルーズに参加するのだろう。私は未経験だけど、大学の同級生が彼氏と行ったという話を聞き、羨ましく思ったものだ。

「足元に気をつけて」

景虎の手を頼りに、船内に乗り込んだ。

「わあ……」

船内は外から見るよりも広く感じられた。

装飾が施された木製の柱、木や花をモチーフにした柄のカーペット。船内の雰囲気を損なわない程度に明るい照明。まるで高級ホテルのような華やかな内装だ。

すごく素敵なのだけど、私はある違和感を覚えた。

「ねえ、他のお客さんは？」

ナイトクルーズやディナークルーズというものは、事前に予約した複数の客を乗せて出発するはず。しかし、私たちのあとにも先にも乗客の姿が見えない。

そういえば、出航カウンターにも人がいなかった。どういうことだろう。

「邪魔者はいない方がいい。貸し切りに決まっているだろ」

「えっ。もしやこれ、個人所有の船？」

いくらなんでもクルージング会社の船なら、他の予約が入っているはずだ。

私が驚いたことに満足するように、彼は口の両端を上げた。

「俺のじゃない。社長の船だ」

「ひええ」

こんな大型クルーザーを個人で所有しているとは。そりゃあ予約もいらないはずだ。

「入社式とか、忘年会とか、そういうときにも使うことがある」

「乗り物酔いしやすい社員には拷問だね」

「ははっ。たしかにそういう感想もあるな」

雑談をしている間に、本当に私たちふたりだけを乗せ、クルーザーは出港してしまった。

景虎に案内され、ひとつ上の階へ。ちなみにこのクルーザーは四階まである。

「そろそろ食事にしよう」

案内されたテーブルから見える窓の外の景色に嘆息する。

ラベンダー色とオレンジ色のグラデーションを描く、まだ夜になりきっていない空。

近代的なビルが並ぶ中、ぽつんと立つ観覧車がマルチカラーに光る。

「あの観覧車、かわいい」

呟いた私の頭を、大きな手がゆっくりと撫でた。

「君の方がかわいいよ」

びっくりして正面を向くと、景虎が優しい眼差しをこちらに向けていた。余計に胸が高鳴る。

なんと返していいかわからない私を救出するように、ワインと料理が運ばれてきた。

「このお料理は誰が？」

「うちのお抱え料理人のひとり。今日は本来休みだったんだが、頼んだら引き受けてくれた」

お抱え料理人。それもすごい。

うちは父親が病院を経営しているだけあって健康にうるさいから、基本は母が家族の食事を用意してくれていた。もちろん、すべて健康にいい減塩メニューで、脂肪や糖類も少なかった。

実家のことを思い出していると、グラスにワインが注がれた。前菜のお皿には、懐石風に盛りつけられた、旬の魚介を使ったオードブルが載っている。

「おいしそう」

「まずは乾杯しよう」

彼に言われてグラスを合わせる。彼は運転をするので、ノンアルコールカクテルだ。チンと小さな音がした。

グラスを口元に運ぶと、カクテルを含む彼の唇が妙になまめかしく感じられて、視線を逸らした。

私ってば、まだひと口も飲んでいないのに、酔っているみたい。

気を取りなおして料理を口に運ぶ。新鮮な魚介から磯《いそ》の香りを感じる。

「おいしい」

あっという間になくなったオードブルに続いて運ばれてきたのは、フカヒレの中華煮込みだった。

「シェフに任せたから、和洋中、なにが来るかわからない」

「すごい。なんでも作れちゃう人なんだね」

フカヒレを食べるの、久しぶり。さすがの母も家でフカヒレは煮込まないもの。

熱々のフカヒレをスープと一緒に口に入れたら、あまりの熱さに口腔内が大騒ぎになる。

悶絶《もんぜつ》する私に、彼は「どうして冷まさないんだ」と父親のような言葉を投げかけた。

彼は立ち上がり、私のワイングラスを差し出した。

受け取ったワインをなんとか含むと、やっと口の中の炎上がおさまる。

「ひい。ちょっと油断した……」

もちろん熱そうだと思ったので、食べる前に若干息を吹きかけた。大きく頬を膨らませてフーフーするのは格好悪いから。結果、もっと格好悪いことになった。

「あ、でも味は格別においしい！　さすが作りたて」

熱さに慣れ、やっと味がわかってきた。もぐもぐ咀嚼《そしゃく》して飲み込み、一息つく。

「はあ……君を見ていると飽きないな」

景虎はホッとしたように顔をほころばせた。

「どういう意味？」

「かわいすぎて放っておけないって意味だよ」

慎重に冷ましたフカヒレを口に入れようとした瞬間にそう言われたので、スープごと噴き飛ばしそうになってしまった。

なんとかこらえ、スプーンを顔から離した。彼の目はからかっているようには見えない。

「君は危なっかしいんだ。疑うことを知らないというか……危機感がない」

「最後のが本音でしょ」

危機感がないとは、昔からよく言われてきた。身に降りかかる危険は、〝降りかかりそう〟な時点で両親が全排除してくれていたのだと、今になって思う。

学校の行き帰りは車で送迎だったし、門限も厳しかった。友達付き合いにもうるさく、少しでも評判の悪い子には絶対に近づかないように注意された。

私はといえば、評判が悪いからといって本当に悪い子だとは限らないと考えていたので、近づくかどうかは自分で決めようと思っていた。あえて自分から近づくことはしなかったけど、話しかけられても無視するなどということはしなかった。

結果、中二のときに私のお小遣いをあてにして近づいてきた同級生にカモにされ、毎日飲食代やらカラオケ代やらをおごらされていた。私はそれを悪いことだと思っていなかった。『友達に優しい私、エライ』と思っていたくらいだ。

結局カードの請求が来て私の散財が発覚し、両親はほら見たことかと大激怒。別の学校に転校させられた。

「人の悪いところばかり見ないで、いいところを探そうとする。君はこの世で生きていくには純粋すぎる」

「そんな大げさな……普通に苦手な人も嫌いな人もいるよ」

「理由もなく嫌いにはならないだろう？　嫌うにはそれなりの理由がある」

フカヒレを食べ終わると、次は牛肉のグリルが運ばれてきた。

多種の料理を食べられるようにか、二切れだけお皿に載せられたそれをゆっくり口に運ぶ。顔を上げると、彼もおいしそうに頬張っていた。

彼と付き合っていたとき、私はどんな話をしてきたんだろう。そういう人に騙《だま》されていたという話もしたんだろうな。

だから彼は、私のことを買い被っているのだろう。二十歳の私は世間知らずだけれど、そんなにピュアでもないつもりだ。

それから五年間経っていたら、さらに擦れていてあたり前。なのに彼は私を、天使のような穢《けが》れのない人間みたいに言う。

過保護な彼はもしかして、前のように私が街でいきなり声をかけられるのを避けるために、わざわざ貸し切りクルーズを計画した？

なんて、考えすぎかな。単に仕事が早く終わったから思いついただけか。

「そういえば、謎の着信があって」

牛肉を食べ終えた彼が、ナイフとフォークを置いた。私はバッグからスマホを出して、先ほどの着信画面を開いて見せた。

「ほら。登録されてない番号なの」

「ふうん……」

景虎の目つきが一瞬で不穏な色に変わったので、私はさっとスマホをバッグにしまった。

「こういうのはかけなおさない方がいいよね。いくら私でもそれはわかるよ」

これが個人の番号か、あるいは詐欺の業者なのかはわからない。ただ履歴を消すのは、番号で検索をかけてからでもいい。

以前、メッセージアプリの連絡先を消去されてしまったことを教訓にしよう。今度は勝手に消されないように注意する。

自分からかけなおす気がないことをアピールすると、景虎は無理やりスマホを出させるようなことはしなかった。ただ少し疑うような目で私を見ていた。

「そうだな。詐欺だといけないから、絶対にかけなおすな」

念押しして、彼はカクテルを飲んだ。

私は素直にうなずいた。

食事を堪能したあと、景虎に誘われて一番広い野外デッキに出た。

昔の有名な映画のキスシーンがこういうデッキで演じられていたっけ。その映画の豪華客船、沈没しちゃったけど。

おいしい料理でお腹が満たされていた私は、目の前に広がる夜景に一層幸せな気持ちになった。

夜のとばりが下りた空は真っ暗で、地上の灯りが煌《きら》めいて見える。

「わあ……」

友達が行ったディナークルーズでは、デッキの手すりに人が集まり、みんなでスマホを出して夜景を撮りまくっていたと聞いた。ここにはそんな無粋なことをする人はひとりもいない。

デッキに吹く心地いい夜風に髪をさらわれる。景虎が私の手を握り、尋ねた。

「寒くない?」

暑すぎず寒すぎず、むしろ気持ちがいいくらいだったので、私は首を横に振った。

ふたりでデッキの先までゆっくりと歩く。

彼が風に乱された前髪をかき上げた。男らしい額のラインが露《あら》わになる。

改めて見ると、やはりこの人は美しい。イケメンというより、美しいという表現がよく似合う。本人が喜ぶかどうかはわからないけど。

クルーザーがベイブリッジの真下を通りすぎる。ふたりして上を見上げ、普段は見られない橋の裏側を観察した。

「こういう大きい建造物って、少し怖くない？」

「怖い？　思ったことないな。男はこういうの、カッコいいとしか思わないのかもな」

「私、大きすぎるクレーン車とか橋とか、怖いんだよね。建造物というよりも、眠っている恐竜のような感じがして。突然壊れたり暴走したりしたらどうしようと思う」

「はは。そういう感じ方もあるのか」

彼は子供みたいな私の言い分を、否定せずに聞いた。笑いはしたが、バカにした雰囲気は感じられない。

私は彼の、そういうところが好きなのかもしれない。ふとそう感じた。

彼はどんな私でも、受け入れてくれる。記憶を失って、結婚したことすら覚えていなくても。

料理ができなくても、危機感がなくても。同僚に嫌われていても。そのままでいいと言ってくれる。

「萌奈」

急につないだ指先の温度が上がったような気がした。景虎の低い声は、今は私だけのもの。

「ほら、あっちを見てごらん。橋の向こうに最初の観覧車がある」

「本当だ！」

真っ白なアーチの下に並ぶビルの灯りがチカチカと光る。オレンジや白の光に負けず、ピンクやブルーに色を変えて輝く観覧車。

まるで別世界のような景色に、心を奪われた。と同時に切なさがこみ上げる。

観覧車が見えたということは、クルーザーが港を周遊して、船着き場に戻りつつあるということだ。

「もう終わりかあ……」

思わず呟くと、ふわりと背中が温かくなった。前に腕を回され、背中から抱きしめられたことに気づく。

「楽しかった？」

耳元で囁かれ、くすぐったいやら恥ずかしいやら。頬に熱が集中していくのを自覚する。

「うん、とっても。また連れてきてね」

「ああ」

彼はぎゅっと回した腕に力をこめた。

「ずっと、こうして君と一緒にいたいと思っていた」

「え……」

「もう離さない。絶対に、誰にも渡さない」

くるりと体を反転させられ、顔をのぞかれた。濡れたような彼の瞳に吸い込まれそうになる。

「君は俺のものだ」

彼はポケットからなにかを取り出し、私の前に差し出す。

彼の手には小さなケースがちょこんとのっていた。彼がそれを開けると、今夜の夜景に負けず劣らず輝く指輪が現れた。

「これは婚約指輪。ちょっと派手だろう？」

言いながら彼は指輪をつまみ、私の左手を取った。薬指にするするとそれを通す。

ダイヤが光る指輪は、ぴったり私の薬指におさまった。まるで初めからそこにあったみたいに。

「素敵……」

胸がいっぱいになって、それ以外の言葉が出てこなかった。代わりに涙が溢れそうになる。

「プロポーズのやりなおしをさせてくれ」

顔を上げると、彼が真剣な目で私を射抜く。

「萌奈、俺と結婚してくれ。なにもしてくれなくていい。ただ、そばにいてほしい」

彼の言葉が、耳から伝わって、全身に染みわたっていく。それは魂にまで広がり、心を震わせた。

「……はい」

震える声でなんとかそれだけ返すと、彼は一瞬目を細めた。微笑んだ顔を見たかったけど、それは叶わない。なぜなら彼が急に距離を詰めたから。

目の前が暗くなり、まぶたを閉じる。唇に彼の熱を感じた。柔らかくしっとりと、私の唇を包み込む。

私はぎゅっと彼の背中に手を回して抱きついた。するとますますキスは熱と激しさを増していく。

不慣れな私はただ、彼の唇に翻弄《ほんろう》されていた。

初めてじゃないのに初めてのような

マンションに帰って玄関のドアを閉めるなり、景虎は私をドアに押しつけて激しいキスを繰り返した。

「これからもっと、夫婦らしいことをしようと思う。いいか？」

濡れた唇が囁く。

視線の熱で溶けてしまいそうなほど、彼は私を深く見つめていた。

彼のプロポーズを、私は受けた。私はいつの間にか、彼を好きになっていたと気づいたから。

どんな私でも受け入れてくれる。守ってくれる。愛してくれる。

そんな彼だからこそ、記憶を失ってももう一度恋をした。

覚悟した私は、まぶたを閉じてこくりとうなずく。恥ずかしくて、彼の顔は見られなかった。

彼の手が私の背中に回った、と思って目を開けたら、次の瞬間にはお姫様抱っこされていた。

器用に靴を脱がされ、寝室へ連れられていく。いつもより余裕のなさそうな様子に、声をかけることもできない。

寝室のドアが開く。景虎が私をベッドに横たえた。いつも、ただ添い寝するだけだったけど、今夜は違う。

「もう逃がさない」

景虎は私の上にまたがり、片手でネクタイを緩める。あり余る色気に、めまいがしそうだ。

両手で顔を覆うと、バサッと乾いた音がした。「萌奈」と声をかけられ、手をどけられる。

目の前にはシャツを脱ぎ捨て、上半身裸になった景虎がいた。

言葉を失った私にキスをしながら、彼の手は器用に私の服を脱がしていく。

あっという間に裸にされた私の肌をむさぼるように、彼の口づけが全身に降り注ぐ。

「もっと楽にしろ。なにも怖くはない」

唇に深いキスをしたあとで囁いた彼の手が、私の胸の膨らみを包み込む。

敏感な部分に刺激を受け、思わず声が漏れた。

私の反応に気をよくしたのか、彼は舌と唇でさらなる刺激を私に与える。

大きな手。繊細な指先。器用な舌。

覆いかぶさる素肌のなめらかさ、彼の体温、指の感触は、もうよく知っているもののはずなのに。

私の身体は、すべてが初めてのように初心な反応を示す。

「……っ、ねえっ、本当に私、いつもあなたとこんな風にしてた……？」

思い出せない。

夫である彼と出会ったときのこと、何度も抱かれたはずの夜も。

「余計なことを考えるな。今はただ、俺を感じていろ」

彼は自らの唇で、私の質問を封じた。

指先で慣らされた場所に、彼の熱が押しつけられる。まったく知らない感覚に腰が引けた。

「待って……」

未経験の少女でもないのに、無意識に彼の肩を押し返してしまった。

涙の膜が張った目をまばたきさせて見えたのは、彼の切なそうな顔だった。

その瞬間、胸に罪悪感が押し寄せる。

彼が強引なのではない。私が、夫である彼を忘れてしまったのがいけないんだ。だからそんなに悲しそうな顔をしないで。

「あ、あの……ごめんなさい。大丈夫だから……」

そのあとに続く言葉は恥ずかしくて言えなかった。

彼は返事の代わりに軽くうなずくと、ゆっくりと時間をかけて、私の中に侵入を果たした。

久しぶりだからか、私の身体は初めて彼を受け入れるかのような痛みを覚える。が、すぐにそれは遠ざかっていった。

彼と過ごしてきた日々を思い出せない罪悪感も、初めてすべてをさらけ出しているような不安も、彼に揺さぶられるうちに溶けて消えていく。

代わりに、彼への愛しさが次から次に目尻から溢れて、頬を滑り落ちていった。

私は強く彼の背中に回した手に力をこめる。

ねえ、私の旦那様。あなたのことを忘れたりして、私は悪い妻だね。

「萌奈。そろそろ起きろ」

「ううん……」

低い声に朝を告げられ、私は目を覚ました。目をこすってから開けると、至近距離に景虎の顔があった。

「わあ！」

びっくりして体を反転させた。胸が速い鼓動を打つ。イケメンのアップは寝起きの心臓に悪い……。

「まさか、昨日なにがあったか忘れたと言うんじゃないだろうな？」

背後で景虎が上体を起こす気配がした。腰のカーブを優しく撫でられ、思わずビクッと震えた。

「覚えてます」

むしろ、覚えているから見られないんだってば……。

彼には今までの記憶があるだろうけど、私にしたら初めてと同じことだったんだもの。普通の顔で向き合えないことくらい察してほしい。

「恥ずかしがらなくていい。君はとても綺麗だった」

「言わないでいいから！」

勢いでお風呂にも入らずにこんな展開になるとは。後悔が押し寄せるけど、今さらどうしようもない。

「はは。さあ、先にシャワーを浴びておいで。仕事に間に合わなくなる」

「ハッ！」

ガバッと飛び起きた私を見て、景虎は肩を震わせて低い声で笑った。

「嘘だよ。今日は土曜。仕事は休み」

からかうような声に、へなへなと力が抜けた。そっか。そうだった。ちょっと混乱した。

「もう！」

意地悪な彼の頭に掛け布団を被せ、浴室へと急いだ。もちろん露天ではない方へ。

浴室のドアを閉めると、正面の鏡に自分の姿が映る。鎖骨や胸に赤いあざが残っていて、一気に顔が熱くなった。

ああ、私、本当に彼と……致してしまったのね。

それにしては体がベタベタしない。私が気を失ったか寝てしまったあとで、景虎が拭いてくれたのだろう。

そう思うと、余計に羞恥が増した。

昨夜のことを考えないように、シャワーを勢いよく浴び、全身を洗い流した。

朝食を食べているうちに、だんだんと彼の顔を見られるようになってきた。

彼は昨夜のことなどなにも覚えていないように、涼しい顔でコーヒーを飲んでいる。

こっちはクルージングの記憶を上書きするくらいの衝撃を受けたのに。

だからといって、彼がいつまでもニヤニヤしたり、赤くなっていても気持ち悪いか。

「そうだ、萌奈」

「は、はい」

突然話しかけられ、緊張が戻ってくる。

「そろそろ、結婚式をどうするか考えたいんだが」

——結婚式。

彼の仕事の都合と私の記憶喪失で先延ばしになっていた結婚式を、そろそろやってもいいんじゃないかということか。

「君はどう思う?」

珍しく遠慮がちな彼の言葉の意味を考えた。きっと、私の心の準備ができているかが心配なのだろう。

「いいですよ。式のこと、具体的に考えましょう」

昨夜のプロポーズを受けた時点で、私は彼を受け入れた。記憶がなくても、彼の妻になる決心をしたのだ。

これからも記憶喪失による弊害が出てくるかもしれない。それでもきっと、景虎となら乗り越えていける。

私が首を縦に振ると、彼は柔らかく微笑む。

「じゃあ、式場の候補をリストアップしよう」

「見学の予約もしないとね」

私たちやっと、夫婦らしくなってきたかな。

目を合わせて笑い合う。それだけで、幸福感が心を満たした。


見学に行く結婚式場をリストアップするだけで、休日はあっという間に過ぎた。

さすがに日曜の夜はすんなり寝かせてもらえるだろうと思いきや、その予想は裏切られた。土曜の夜は寝不足になるくらいたっぷりとかわいがられたので、それに比べれば手加減されたと思う。さすがに仕事に影響が出るといけないと考えたのだろう。

「俺は大丈夫だけど、平日は控えめにしよう。萌奈が寝不足になるといけないから」

月曜の朝。彼が突然そんなことを言うから、朝食の味噌汁《みそしる》を噴き出しそうになった。

動揺してリアクションが取れない。

「初々《ういうい》しい妻だな」

噎《む》せて咳《せ》き込む私の頭を撫で、景虎は微笑んだ。

その表情が、彼の体を知る前より、セクシーに見えてしまうから不思議だ。

出勤すると、いつも穏やかな庶務課が賑わっていた。

「今日は業者さんがいっぱいですね」

庶務課の窓口には、いろんな会社の営業さんがずらっと並んでいる。『自社の製品を使ってください』という事務用品の会社から、『うちの弁当をとってください』という弁当業者まで、その業種は多岐《たき》にわたる。

そのような営業さんと話をするのも庶務課の役割。といっても、誰でもその業務に就けるわけではない。コミュニケーション能力が必要になってくるからだ。うちの庶務課はおとなしい性格の人が多く、外部との交渉をしたがらないのだそうだ。

今日は営業さんが多いので、話を聞く社員さんは忙しそうにしていた。永遠に続くのではと思われる長い列を見て、社員さんがくるりとこちらを振り返った。

「鳴宮さん、ちょっと」

「は、はい」

窓口で待たされている営業さんがこちらをにらんでいる、ような気がした。

「僕だけじゃ応対しきれないから、君に半分任せてもいいかな。ひと通り話を聞いたら、検討しておきますと返せばいいから」

眼鏡をかけた彼は、営業さんに聞こえないように小声で話す。

「えぇっ」

そりゃあ、どんな企業の売り込みでも、今すぐここで『採用します』なんて返事をするわけはないけれども。

「君は秘書課の経験があるから、外の人間と話すのに慣れているはずだ」

眼鏡をキラリと光らせ、七三分けの社員が私の肩を掴む。

「でも、もう少し経験を積んだ人の方が」

「いつも助けてくれる中村《なかむら》君が今月から育児休暇なんだよ。頼む、大丈夫だから」

そんなにいい加減でいいはずがない。いくら秘書課の経験があるとはいえ、私はその記憶を一度なくしている。

助けを求めるようにうしろを振り返る。けれど、みんな目を伏せたまま、視線を合わせようとしない。

ちょっと気づいていたけど、ここの人たちって内向的で、初対面の人と話すのが苦手そう。その代わり、事務作業は速い。

「僕の後ろで一緒に話を聞いたことがあるだろ」

たしかに、一度商談の場に同席したことはある。色々な仕事を覚えるという名目の、ただの見学だと思っていた。

「先輩の応対の真似をすればいいんですね？」

「そうそう。頼むよ」

「うーん……わかりました」

このままじゃ眼鏡先輩は昼休憩にも入れない。営業さんをいつまでも待たせるのもかわいそう。彼らは待つのが仕事だと割り切っているとしても。

「ようし。じゃあ、あっちの応接室に場所を移そう」

眼鏡先輩は庶務課受付窓口から出て、すぐそばにある応接室に入っていく。

応接室はパーテーションで仕切られており、二組同時に面談ができる。

「こんにちは。鳴宮と申します。どうぞおかけください」

「はじめまして。S社の鈴木《すずき》と申します。よろしくお願いいたします」

鳴宮という苗字から社長の一族だと思われたのか、みな、やたら丁寧な言葉遣いで説明をしていく。押し売りをするようなしつこい営業さんはほぼいなかった。

これが眼鏡先輩の狙いだったのかもしれないと、五人目の応対をしていて気づく。

ちゃんとした営業なら鳴宮姓に反応し、困らせるようなことはしないと思ったのだろう。

眼鏡先輩、意外に策略家。

こちらもしっかり話を聞き、言われた通り「検討します」と返して終わりにする。

秘書課の経験が体から染み出てくるのか、自然と営業スマイルができたと自分で思った。

さて、次は六人目。そろそろお腹が空いてきたけど、集中集中。

「次の方、どうぞお入りください」

先ほどの企業の資料を片付けながら、次の営業さんを呼んだ。

「失礼します」

「はい。こんにちは……」

ぱっと顔を上げて立ち上がる。相手の顔を見た途端、体が末端から凍りついていくような感覚がした。

そこにいたのは、スーツ姿の男性。だが、茶色の髪はだらしなく顎まで伸びており、握手を求めるように伸びた腕には品のないごつごつした時計が装着されている。

間違いない。景虎と結婚写真を撮った日、帰り道で話しかけてきたあの男だ。

「見つけたぞ、萌奈」

彼は握手をするべき手でこちらの腕を無遠慮に掴んだ。力は強く、痛みを覚えた。

「俺との連絡を絶ち、なにをやっていたんだ」

「あの、あなたは？」

どくんどくんと鼓動が速まる。背中から冷たい汗が噴き出した。

やはりこの人は、私を知っているんだ。記憶をなくす前の私を。

「しらばっくれるなよ。記憶喪失のフリでもしろと、副社長に言われたのか？」

怒りを宿した男の目に、体が震える。怖くて、でも目が離せない。

「俺というのもがありながら、お前は――」

殴りかかってきそうな、高圧的な口調。掠《かす》れた声から逃れたくて腕を引いたが、びくともしない。

どうしよう、どうしよう。なんて言えばいいの。

「あなたは、誰……？」

喉が絞められているように息苦しい。男の顔が歪《ゆが》み、殴られたような痛みを側頭部に感じた。

膝が崩れ落ちそうになった瞬間、パーテーションの陰から誰かが飛び出した。

「きっ、君はなにをしているんだ！」

眼鏡先輩だ。隣にいた彼がただごとではない様子を察知し、来てくれたのだ。

「誰か、警備員を呼んでくれ！　不審者だーっ」

ドアを開けた眼鏡先輩は、震える声で庶務課の窓口に向かって叫んだ。

「ちっ」

舌打ちをした男は、私の腕を乱暴に放す。

「また会いに来るからな」

来なくていい。来ないで。私は記憶を失ったまま、景虎と幸せになるの。もう幸せに暮らしているの。誰か知らないけど、今さらかき乱さないで。

思いは言葉にならなかった。私はへなへなと冷たい床に座り込んだ。

部屋を出ていく男の腕を、眼鏡先輩が掴む。しかし強い力で振り払われ、先輩は尻もちをついた。

部屋の外がざわめき、警備員の怒号が響く。

私はその場で体を小刻みに震わせることしかできなかった。

気がつくと、ピンクのカーテンに囲まれていた。

――ここはどこ？　顔だけを動かし、辺りを見回す。

あの男に腕を掴まれ、眼鏡先輩が追い払ってくれて……その後、めまいと頭痛でクラクラしながら医務室に向かった。付き添ってくれたのは庶務課の女性だ。

ということは、ここは医務室のベッドだ。頭痛薬を飲んで、なにも考えないように意識しつつ横になったんだった。

腕時計を見ると、もうお昼になっていた。庶務課のみんなは休憩の時間だ。よくなったら戻るつもりでいたのに、いつの間にか眠ってしまったみたい。おかげで頭痛はなくなっていた。

上体を起こすと、ピンクのカーテンが揺らめいた。

まさか、またあの男？　警戒して体が強張る。

しかし予想に反し、カーテンを開けたのは景虎だった。彼は心配そうな顔をのぞかせていた。

「起きたのか」

安堵の表情を浮かべ、彼はカーテンの隙間から身を滑り込ませた。

「不審者に襲われたって？　大丈夫だったか？」

「あ、うん……」

「すぐ駆けつけられなくてすまない」

ベッドに近づいてきた景虎は、そばに置いてあった丸椅子に腰を下ろした。あの男ではなかったというだけで、体中から力が抜ける。

「警備員は不審者を取り逃したらしい。まったく頼りないな。受付もあっさり男を通してしまっている。再教育が必要だ」

「うーん……あんまり怒らないであげてね」

男が企業の名刺を持っていたとしたら、受付の人に彼を疑うことはできなかっただろう。

「わかっている。今、守衛に防犯カメラの映像を確認させているところだ」

彼は一見穏やかそうに見えた。しかしその実、犯人に対する怒りを水面下に沈めているのが感じ取れる。

「その必要はないよ。不審者は、あなたも会ったことがある人だった」

形のいい眉が寄った。私は彼の目を見つめる。

「この前、道端で私に話しかけてきた、ちょっと軽そうな男の人。覚えているでしょ？」

尋ねると、彼は一呼吸置いてから慎重そうに答えを返してきた。

「……そうか。あの男が……。わかった、警察に届けよう」

景虎は冷静な顔をして、腰を上げる。私はとっさに彼の袖を掴んでいた。

「ねえ、やっぱり景虎はあの人を知っているんじゃない？」

「不審者に知り合いはいないよ」

優しく私の手を離させた景虎は、うっすらと微笑みを浮かべる。

「そうだ。今日は帰りが遅くなりそうなんだ。先に休んでいてくれ。施錠をしっかりとな」

「う、うん……」

「心細かったらお義母さんに来てもらえ。まだ顔色が悪い」

私の頬を触る彼の手が、いつもよりぎこちない感じがしたのは、気のせいだろうか。

彼は手を離すと、医務室から出ていった。

私はまた大事なことを聞けなかった。あの男はいったい何者なんだろう。考え始めると頭痛がする。でも、いつまでもこのままじゃいられない。

「景虎……」

男の正体をはっきりさせないといけない。

そう思う一方で、記憶を取り戻すことで、新しく作り上げた景虎との関係が壊れてしまいそうで、私は恐れを感じた。

ただ、好きな人とつながない毎日を送っていきたいだけなのに。それさえもままならない。

彼が出ていったあと、ベッドに横になったままぎゅっとシーツを握りしめた。

なにかが変わっていく予感が、私を苦しめていた。

結局体調は回復せず、その日は早退することにした。課長に挨拶をして、帰る支度をする。

佐原さんがこの場面を見たら、『根性がないから体調が戻らないんだ』とか言って、罵倒されそう。

ため息をついて帰ろうとすると、眼鏡先輩が近づいてきた。営業さんの列はなくなっていた。

「鳴宮さん、ごめんね。まさかあんなことが起きるなんて想像もしていなくて」

心底済まなそうに七三分けの頭を下げられ、逆に恐縮してしまう。

「先輩のせいじゃありません。悪いのは不審者です」

「あの不審者、ストーカーかなにか？　いや、副社長夫人である君は競合他社に命を狙われてるとか……」

難しい顔で考え込む眼鏡先輩の様子がおかしくて、つい少し笑ってしまった。

「そんなことあるわけないじゃないですか」

「そうか、そうだよなあ。不運な事故だったってことだな。まったく許せない」

実は知り合いかもしれない……とは言えなかった。男が私を知っていて、ここに現れたとしたら、私がみんなに多大な迷惑をかけたことになる。申し訳なさすぎる。

「すみませんでした。お先に失礼します」

隣の席の先輩にも声をかけると「謝ることなんてないのよ」といたわりの言葉が返ってきて、また心苦しくなる。

とぼとぼと会社をあとにし、タクシー乗り場に向かった。足取りは重く、ちっとも前に進まない気がした。

なんとかマンションに帰りつくと、家政婦の上田さんが出迎えてくれた。彼女は丸い顔の中にある小さな目を見開いている。

「まあまあ、ひどい顔色ですよ」

「頭痛で早退してきたの。ヘボい会社員だよね」

自虐《じぎゃく》的に笑うと、上田さんは大げさに「そんなことは」と両手を振って否定する。

「なにか作りましょうか。お腹は空いていませんか？」

そう言われれば、朝食以来なにも食べていない。だから余計に力が湧かないのかも。

「食欲はないんだけど……」

「とにかく座って。温かいハーブティーをお出ししますから」

有無を言わせぬ迫力で上田さんは私をリビングのソファに座らせた。

そして、バタバタと大きな音を立ててキッチンまでころころした体を揺らして走る。

ボーッとソファに沈み込んでいると、ケトルが沸騰する音が聞こえた。上田さんは火を止め、茶葉を入れたティーポットにお湯を注ぐ。

「ほらほら。さあどうぞ」

あっという間に目の前のテーブルに、ハーブティーとクッキーが置かれた。

「ありがとう……」

カップを口に近づけると、爽やかなカモミールの香りが鼻孔《びこう》に届く。吸い込んで息をするだけで、リラックスできそうだ。

温かいカモミールティーをすすり、甘いクッキーをお腹に入れると、不思議と気分が落ち着いてきた。

上田さんは会社でなにがあったかは聞こうとせず、キッチンで夕食の準備をしていた。

「ごちそう様。とってもおいしかった。ありがとう」

シンクまで空のカップを持っていくと、上田さんはにっこりと微笑んだ。少し残っていた頭痛が、それで綺麗に消えた気がした。

落ち着いた私は部屋着に着替え、書斎に足を運ぶ。薄暗い部屋の明かりをつけ、本がずらりと並んでいる棚を眺めた。

紙やインクの独特の香りが私を取り巻く。それだけでとても心地いい。

「なにか読んでみようかな……」

退院した日、初めてここに来たときのことを思い出す。彼が教えてくれた、私が推薦した本を手に取った。

「そうそう、これ大好きなんだよね」

高校生のときに出会って、今まで大切に何度も読み返した、泣けるラブストーリー。映画化もドラマ化もされたけど、やっぱり小説が一番好きだ。

最初のページを開く。ソファに座って、文章に目を走らせた。

内容が進むにつれ、脳裏によみがえる懐かしい場面たち。それに紛れて、不思議な光景が心の中に浮かんだ。

『副社長』

私が名前を呼ぶと、景虎が憮然《ぶぜん》とした表情で、読んでいた本から顔を上げる。

これは……会社の図書室での記憶？

『なんだ。読書中に君が声をかけてくるなんて珍しい』

『すみません。今日は私のおすすめの本を、ぜひ読んでいただきたくて』

私の手が差し出したのは、まぎれもなく今私が持っている文庫本だった。

片手で受け取った景虎は、パラパラと中身をめくって飛ばし読みする。

『なんだか、子供っぽい内容だな』

『ちゃんと読んでください。人を愛するとはどういうことか、副社長にもわかってもらえるはずです』

力説している私。客観的に見ると、とても恥ずかしい。自分の趣味を他人に押しつけるなんて、普段の私ならしないのに。

『君は俺をどう見ているんだ』

『別に、みんなが言っているような冷血サイボーグだとは思っていませんよ。ただ、ちょっと人との接し方が雑なだけですよね』

商談や会議は丁寧なのに、と私は追加で呟く。景虎は苦虫を噛み潰したような顔をしていた。

『これ、貸してあげますから。温かい人間の心を取り戻してください』

およそ副社長と話しているとは思えない話し方。このときはもう私たちは付き合っていた？

散々な言われようの景虎は、なにか言い返したいような顔をしていたけど、結局文庫本を黙って受け取った。

『いつでもいいです。というか、差し上げますから持っていてください』

自分がどんな顔をしていたかは、鏡がないので見えない。でもたぶん、私は微笑んでいた。と、思う。

「……どうして……」

本の内容は、途中から頭に入ってこなくなった。不意に思い出した図書室での一コマが、頭の中に焼きついて離れない。

付き合っていたなら、微笑ましい思い出の一コマのはず。なのに不思議と、胸が痛い。どうして？

まるで、叶わないと決まっている恋に身を焦がしている物語のヒロインみたい。

あるいは、私が片想いをしているときの記憶だったのか。

頭痛がしなかったので、本を閉じて静かに考えてみる。が、それ以上のことは思い出せなかった。

諦めて時計を見ると、まだ四時だった。

私は居ても立ってもいられず、サイドテーブルに置いておいたスマホを手に取った。

ほんの少しでも思い出したことを彼に報告しておこうと思い、画面をタップしようとした。

そのときだった。ホーム画面からいきなり着信を知らせる画面に切り替わった。

「まただ」

前にも見たことがある、登録されていない番号からの着信。途端に心が波立つ。

出るべきか出ないべきか、迷った。

――もしかしたら。

腕を掴んだ男の顔が画面に映ったような錯覚を起こす。

このまま逃げていてもモヤモヤするだけだ。

震える指で画面をスワイプする。「はい」と短く出した声が掠れた。

知りたくない真実

電話に出てから一時間後、私はとある高級ホテルのラウンジにいた。

コーヒーを注文し、文庫本を手に持った。けれどそれはただのポーズで、実は本を読める心境ではない。

落ち着かず、そわそわと周りを見てしまう。なにかあったら使おうと、途中で買った防犯ブザーを手で弄《もてあそ》ぶ。

「待たせたか」

突然うしろから声をかけられ、椅子から飛び上がりそうになった。振り返ると、午前中に私の腕を掴んできた男が立っていた。

やはりスーツ姿は疑われずに会社に入るための変装だったのだろう。今は大きめの柄シャツにゆるやかなズボンを穿《は》いている。

そう、あの着信はやはり彼だった。彼は私と話をしたいと言った。私はそれを承諾したのだ。

上田さんには、気分転換に出かけると言って自宅を出た。私の体調を心配した彼女に引き留められたけど、なんとか言いくるめた。

そして今、私はここにいる。

彼は私の正面に座り、ウエイターにアイスコーヒーを注文した。こういう場所に慣れているのか、堂々としている。

注文の品が運ばれてウエイターが遠ざかるなり、彼は話を切り出した。

「さっきはごめん。お前があんまり普通に仕事をしているものだから、頭に血が上って。連絡が取れなくなって、俺がどんなに心配したか」

午前中のことが嘘のように、彼は落ち着いていた。心配していたとは言うが、どこか押しつけがましい響きを感じた。

「それが、実は……」

私は名前も知らない彼に、自分が記憶喪失になってしまったことを告げた。

信じてもらえないといけないので、念のため医師の診断書も見せた。

「事故に遭って……本当か？　これ、お父さんの病院だろう？」

「本当です。信じられないのも無理はないと思うけど」

「弱ったな」

男はぽりぽりと頭をかいた。半信半疑といった表情で私を見つめる。

「じゃあ、俺のことを覚えていないっていうのか」

「はい。二十歳以降に出会った方は、忘れてしまって……」

「俺は堺綾人《さかいあやと》。聞き覚えない？　親は医療系人材派遣会社をしている」

サカイアヤト。アヤト……って、どこかで……。

よくよく考えて思い出した。新しいスマホにしたとき、景虎に消去された連絡先だ。

「あなた、どんな車に乗っているんでしたっけ？」

「は？　ああ、何台かあるけど。赤いドイツ車、白いイタリア車……」

私は確信した。彼はあのアヤトだ。アプリのアイコンが、赤いスポーツカーの画像だった。それを話すと、彼は深くうなずいた。

「そうそう、それが俺の連絡先だ。しばらく既読マークがつかなくて、お前のアイコンが新しくなったと思ったらすぐブロックされた」

やはり、彼は知り合いだったのだ。

「ごめんなさい。ちょっと、手違いで」

景虎が消去してしまったことは、伏せておこう。話がややこしくなってしまう。

「それで、あの……堺さんは、私とはどういった関係で？」

おずおずと尋ねると、綾人はぽかんと口を開けた。信じられないものを見る目で、私をまじまじとのぞき込む。

「どういったって……俺とお前は、婚約してたんだよ」

「……え？　こんにゃく？」

「こ・ん・や・く！　今どき、どういうボケだそれは！」

ガーンと頭を金づちかなにかで殴られたような気がした。聞き違いであってほしかった。

「う、嘘……」

だって、私には結婚したばかりの夫がいる。なのに婚約者がいるわけがない。

「嘘じゃない。近々結婚するはずだったのに、突然連絡が取れなくなった」

それは事故に遭った直後のことだろう。タクシーの割れた窓から吹っ飛んだスマホは、あのとき壊れてしまった。

「びっくりして実家に連絡をしたが、『娘とは婚約破棄していただきます』とだけ返され、ますます驚いた」

驚いたっていうか……本当に婚約していた相手にそのようなことを言われたら、怒って当然だと思う。実際、彼も怒り狂うタイプに見える。

「婚約というのは……親同士も承認していたのでしょうか？」

「あたり前だ。両家の利害が一致した、最高の結婚になる予定だった。もちろん俺は俺なりに、お前を愛していたつもりだ」

つまり、政略結婚か。その点は妙に納得できる。だって綾人は、申し訳ないけど私の好きなタイプじゃない。パッと見で、遊び人っぽい印象を受ける。

それに、平日の昼から変装して元彼女を訪ねるなんて、暇じゃないとできない。

「なのにお前は今、別の男と住んでいる」

「なぜそれをご存じで？」

「街でお前に会う前から、探偵に居所を捜させていたんだ」

なるほど、だから会社の周りで視線を感じたりしたのか。そして、新しいスマホの番号も庶務課に配属先が変わったことも、探偵に探りあてられてしまった。

彼は景虎の存在も知っている。そう思うと余計に身構えた。

綾人が午前中、凶暴な目つきで私に詰め寄ったのは、たぶんそのせいだ。私が景虎と浮気をしていて、突発的に逃げたとでも思っていたのだろう。

「あのう、証拠的なものはありますか？　私とあなたが婚約していたという証拠が」

どうしても綾人と婚約していたというのが信じられない。景虎との結婚と綾人との婚約の時期が丸かぶりなのもおかしい。

うちの厳しい両親がそんなことを許すはずがないし、男の人に免疫がない私が二股とか結婚詐欺をするとは思えなかった。

ということは、どちらかが嘘をついている。

疑いの目を向けられた綾人は舌打ちをし、スマホを取り出す。

「ほら、これ。初めてデートで行った水族館」

彼が差し出した画面には、青い水槽の前に立つ私の姿。スワイプすると、シャチの模型の前でピースする綾人と私が現れた。スタッフに撮ってもらったのだろう。

綾人は今よりも髪が短く、小綺麗だった。私は緊張しているような遠慮しているような、微妙な表情をしている。

「こっちが誕生日にお前がくれた財布」

見せられたのは、私がブランドもののお財布を顔の前に持ち上げた写真。

たしかに、それらには私が写っていた。似ている誰かというわけではなさそう。

他にも、綾人の車に乗った私や、豪華な食事をしている私が写っていた。信じたくないのに、証拠がどんどん出てくる。

「わかってもらえたか?」

私はしばらく言葉を発せずにいた。カラカラに渇いた喉になんとかコーヒーを流し込み、呟く。

「ごめんなさい。混乱していて」

胸のモヤモヤはおさまらないけど、かろうじてめまいや頭痛は出てこない。記憶喪失期間の写真を見ても、なにも思い出せなかった。

「混乱するのも無理はない。お前は騙されているんだから」

「えっ？」

「これは俺の予想だが、ご両親とあの男は、萌奈の記憶喪失を利用し、もっと条件のいい政略結婚をさせようと画策したんだろう」

カップを持つ手が震えた。続きを聞くのが怖いのに、拒否できない。

「俺との婚約が決まってから、あの男……鳴宮景虎からお前と結婚したいとオファーがあった。ご両親は、うちより実家の力が強い鳴宮とお前を結婚させたがった」

「嘘……」

「だからお前が記憶喪失になったのを幸いとばかりに、俺の意見なぞ聞かず、勝手に婚約破棄して、記憶喪失のお前に鳴宮が本当の夫だと嘘をついた」

とうとう私は頭を抱えた。

彼の予想が真実とは限らないと、わかっている。なのに冷静になれない。

景虎や両親が嘘をついたなんて。しかも、そんな重大な嘘を。私がすんなり記憶を取り戻したら、いったいどうするつもりだったの？

自問自答して、ハッとした。

景虎は最初から、私に早く記憶を取り戻してほしいなどとはひと言も言わなかった。そのままでいいと、もう一度恋を始めようと、記憶を失った私を肯定ばかりしていた。

それが彼の優しさであり、愛情の深さだと思っていた。

しかし本当は、私に思い出されると都合が悪かったから、そう言っていただけ？

思考にふける私に向かって、綾人の冷たい声が浴びせられる。

「お前たちは偽の夫婦だ。調べさせたら、お前たちは入籍すらしていないことがわかった」

「……なんですって」

「お前は姓の変わった保険証や身分証を見たか？　住民票は？」

そういえば、見ていない。それらがいらない生活をしていたからだ。

退院してから、生活のほとんどを他人の手に頼ってきた。運転もしない、買い物もしない。免許やクレジットカード、預金通帳などを触らなくても、全部景虎が手配してくれた。

それも全部、偽の結婚を気づかれないためだった？

「そんなの嘘よ。いつかバレるに決まっているのに、わざわざ偽装結婚をする意味がない」

いくら他人が身の周りのことをやってくれていても、私がいくらぼんやりしていても、いつかは気づくことだ。あの景虎や両親がそれをわからないはずはない。

「それは俺にもわからない。ただ言えるのは、まだ鳴宮とお前は夫婦じゃないってことだ」

「もうやめて……！」

気づけば、綾人の言葉を遮るように叫んでいた。周りがざわつくのが感じられる。

「嘘よ。そんなのあなたの妄想だわ」

「じゃあ、今から市役所で戸籍抄本でも住民票でも取ってみたら。ああ、保険証すら渡されていないのか」

顔を上げると、綾人は私を憐れむように見ていた。

それほど自信満々に言うということは、入籍していないのは事実なのだろう。

「……どうして……？」

目に涙が溢れてくる。婚約指輪をした左手が震えた。

ふたりで撮った写真が一枚もない部屋を思い出す。結婚指輪も婚約指輪もなかった。どこかおかしいと感じたのは、間違いじゃなかったんだ。

景虎は、私を妻として愛してくれた。毎晩一緒に眠った。たくさんキスをした。なのに今さら、全部嘘だったって言うの？

彼に抱かれた夜、その行為自体も景虎に触れるのも初めてのような気がしてならなかった。あたり前だ。本当になにもかもが初めてだったのだから。

「ごめんなさい、今日は帰ります。両親や鳴宮に、話をして……」

またこっちから連絡するとは言えなかった。景虎のことはショックだけど、綾人とやりなおしたいとは思わない。

「また言いくるめられないように、一緒にいようか」

一見優しそうな綾人の申し出に、首を横に振った。その瞬間、強いめまいが私を襲う。

テーブルに突っ伏した私に、綾人が焦ったように声をかける。

「おい、大丈夫か」

少しすると、めまいはおさまった。しかし気分の悪さは消えない。

「はい……。とりあえず、帰りたい……」

「帰るって、どこへ」

どこへ、と聞かれても答えが浮かばない。私はいったい、どこへ帰るべきなのか。

「とりあえず、俺と一緒に来い。お前の周りは嘘つきばかりだ。信用できない」

「でも……」

「いいから、来い」

綾人は私を無理やり立たせ、引きずるようにしてラウンジをあとにした。


ホテルを出ると、私の足は止まった。綾人がまた舌打ちをする。

「どうしたんだよ」

さっさと先を歩かせようとする綾人の声は、私の耳を素通りしていく。

私は、目の前のロータリーに入ってきた車に見入っていた。フロントガラスに光が反射して中が見えないけど、もしや……。

見覚えのある黒のセダンは、私たちの行く手を阻むように目の前で止まった。

運転席からひとりの男性が降りてきた。その姿を確認して、私は息を詰める。

「景虎……」

ダークグレーのスーツに身を包んだ景虎が、険しい面持ちでこちらに向かってくる。

綾人はずいと私の前に出た。

「萌奈、こちらにおいで」

景虎が私に向かって手を差し出す。綾人とは目を合わせない。

「どうしてここへ？」

「上田さんから、君が急に出かけたから心配だと連絡があったんだ」

彼が言うには、上田さんは落ち着かない様子で出ていった私にただならぬ気配を感じたらしい。つまり、家政婦のカンだ。

私はホテルに向かうため、タクシーにマンションまで迎えに来てもらった。景虎はタクシー会社に連絡をしてそのタクシーを割り出し、行き先を聞いたのだという。

「顔色が悪い。大丈夫か」

私が一歩踏み出そうとすると、綾人が手を広げて妨害する。

「俺の婚約者を騙して横取りしたのはお前だな、鳴宮景虎。いったいどういうつもりだ」

「軽々しく名前を呼ばないでほしい。俺はお前など知らない」

「カッコつけたって無駄だ。俺は調べたことすべて、こいつに話したからな」

冷たく綾人を見ていた景虎の目が、私の方を向いた。私はビクッと肩を震わせてしまう。

どうしてか、彼が怖い。

彼は私と結婚していると嘘をついた。本当は入籍していなかった。

「なにを聞いた、萌奈」

「え……っと」

景虎の本当の目的がわからない。面と向かって裏切られるのが怖い。

なかなか言葉が出てこない私の代わりに、綾人が大声を出す。

「だから、全部だよ！　お前がこいつを騙して」

「黙れ」

たったひと言。それだけなのに、景虎のひと言は綾人の大声より威圧感があった。

黙った綾人越しに私を見つめる景虎が、大股でこちらに近づいてくる。

「萌奈、一緒に帰ろう。話はそれからだ」

長い手を差し伸べる景虎。綾人はその手を打ち払った。

「黙るのはお前だ、嘘つきめ。萌奈は俺が連れていく」

私の意思なんてまったく無視し、ふたりの男はにらみ合う。火花が散るとはこういうことを言うのだろうか。

「お前などに萌奈を渡すものか。萌奈は俺の妻だ」

「入籍もしていないのに、ふざけたことを。話し合いなら、全員でしようじゃないか。萌奈のご両親も呼んで」

たしかに綾人の言う通りにするのが一番いいのかもしれない。個別に聞いたのでは、それぞれが自分に都合のいい嘘で私を言いくるめようとするだろうから。

「景虎、彼の言う通りだよ。私、本当のことが知りたい」

「君は俺より、彼の言うことを信じるのか？」

そうじゃない。景虎より綾人を信用するとか、そういう話じゃない。

だんだん腹が立ってきた。

私は彼を夫だと信じ、早く思い出さなきゃと思った。だから彼と出会った会社に復帰したのに、例の図書室には一向に連れていってもらえない。

結婚写真を撮って、クルージングデートをして、いっぱいいっぱいかわいいと囁いて。こんなに好きにさせておいて、実は嘘をついていたなんて、冗談じゃない。

悲しくて悔しくて、気づけば彼を責めるような言葉が口をついて出ていた。

「じゃあ景虎、ここで私たちが結婚していたっていう証拠を見せてよ。一年くらい付き合って結婚したって言ったよね」

「それは……」

「写真は嫌いだからないんだよね。でも、それ以外にも証拠はあるはずだよ」

にらみつけると、彼は黙ってしまった。さっきまで差し伸べられていた手が、拳を握っている。

「ねえ……」

どうしてこんなときだけ正直なの。なにか証拠を見せてよ。私も綾人も納得してしまうような、上手な嘘をついてよ。

私の心配はただの杞憂だって言って。綾人がなにからなにまで嘘をついているんだって。

「どうしてなにも言ってくれないの？」

胸が痛い。指先が痛い。涙で目の前がぼやけた。

あなたを信じたい。信じさせてよ、景虎。

「……とにかく、ここを離れよう。萌奈」

さらに近づいてきた景虎を、綾人が横から突き飛ばした。

「こいつに触るな！」

よろけた景虎は体勢を立てなおし、綾人をぎろりとにらんだ。しかし綾人も負けずににらみ返し、景虎に掴みかかっていく。

胸倉を掴まれた景虎は、強い力で綾人の腕を握ると、長い足を伸ばし、素早く綾人の足を払った。バランスを崩した綾人は、転んで体を強く打った。

「ぐわっ……」

受け身を取り損ねたのか、綾人の顔が苦痛に歪む。景虎は汗ひとつかかず、涼しい顔をしていた。

「萌奈。行こう」

「でも……」

この事態に気づいたのか、ホテルの従業員が近づいてくる。早く景虎の車に乗るべきだ。でも、本当にそれでいいのか。

景虎がじっとこちらを見つめる。捨てられた犬のような、傷ついた目をしていた。

どうして、あなたがそんな目をするの。見つめ返していると、ふと景虎の背後で黒い影が動いた。

影だと思ったのは綾人だった。まだ動けないと思っていた綾人が予想外に身軽な動作で立ち上がり、拳を振り上げている。

声をあげる暇もなかった。気づけば私は、景虎の前に身を投げ出していた。

頬に衝撃を感じ、脳がくらりと揺れる。二本の足は地上から離れ、私は宙に投げ出された。

「萌奈！」

低い声が聞こえたのと同時に、後頭部に鈍痛が走る。ゴッ、と短い音がした。

ふわんと意識が宙に浮く。私は一瞬で真っ暗な世界に迷い込んだ。

これは夢？　私はまるで映画を見ているみたいに、黒い背景にぽっかり浮かんだスクリーンをぼんやり眺めている。

映し出されるのは、少女の頃の記憶だった。それは早送りで大学生まで続き、やがて大人になる。

大人になった私は、周囲のすすめでお見合いすることになった。派手な振袖を着て、両親とお見合い会場に赴いた。

そこには、小綺麗な格好をした綾人が座っていた。最初は素敵な人だと思った。政略結婚でも、彼とならやっていけそう、と。

場面はなんの予告もなく移り変わる。今度は秘書課で働いている場面だ。佐原さんに嫌われながらも、一生懸命仕事をしている。

社内で偶然、副社長に会った。副社長は美男だけどいつも仏頂面で、私は彼を怖がっていた。

今度は図書室で副社長が座って本を読んでいる。私は近づいて、震える手で彼にお気に入りの本を渡していた。

「萌奈、萌奈！」

大きな声で呼ばれ、ゆっくりと目を開ける。そこには、心配そうにのぞき込む景虎の顔があった。

視線を動かすと、綾人がホテルの警備員に羽交い絞めにされている。

「どうして俺をかばったりしたんだ！」

怒鳴られて、涙が溢れた。けれど決して彼が怖かったからじゃない。

「あなただって……」

頭が痛い。頬が痛い。それよりも胸が痛くて壊れそうだ。

「どうして嘘をついたりしたの？」

景虎がハッと息をのむ気配がした。

「思い出しちゃった……。私、あの人と婚約していた。あなたはただの、怖い副社長で……」

ぽろぽろと涙が溢れた。もうなにがなんだかわからない。

「あの人を放してあげて」

お願いすると、景虎はしぶしぶ警備員に綾人を放すように頼んでくれた。自由になった綾人は私の横に跪《ひざまず》く。

「ごめんな、萌奈。お前を殴る気なんて、これっぽっちもなかったんだ」

「もういいから」

今は誰のどんな懺悔《ざんげ》も聞きたくない。私だって、婚約者である彼を裏切り、景虎と住んで、男女の関係になってしまった。

「ごめんなさい。私を家に帰してください」

景虎の目から力が失われていく。

暗くどんよりと濁る彼の目を見ながら、誰が呼んだのかわからない救急車のサイレンが近づいてくるのを聞いていた。

図書室の記憶

救急外来の冷たいソファで、私はひとりで会計を待っていた。

あのあと私は、一部始終を見ていたホテルの従業員が呼んだ救急車に乗り、父の病院に運ばれた。診断は打撲と軽い脳震盪《のうしんとう》。

後頭部を車のミラーに打ちつけたらしく、たんこぶができていた。一応ＭＲＩも撮ったけど、脳内の出血はなく、脳波の検査も異常なし。すぐ帰宅可能と判断された。

頬の殴られた痕に注目した医師に事情を聞かれたけど、殴られたことは言わなかった。警察沙汰にしても、あれこれ根掘り葉掘り聞かれるだけで、つらさしかなさそうだし。

口の中を多少切ったのか、血の味がしたけどそれもすぐになくなった。たいした怪我じゃなかったのはよかったけど……。

私はぼんやりと救急車に乗る前のことを思い出していた。

同乗しようとした景虎に、私はふにゃふにゃした口調で『来ないで』と断った。それでますます、彼は傷ついたような顔をした。

「被害者みたいな顔しないでよね……」

散々待たされた挙句に湿布と痛み止めだけ出され、どっと疲れた体で会計を済ませた。

「萌奈！」

救急外来の入口から駆けてくる人がいた。しかし、遅い。ほとんど足が上がっていないその人は、私の母だった。

顔だけは若く見える母が、私にすがるように全身をチェックする。

「景虎さんから連絡があったわ。大丈夫だったの？」

「……わざわざ来なくても、お父さんにカルテを見てもらえばよかったのに」

トゲのある言い方に、母は悲しむよりも驚いたようだった。知らない人を見るような目をしていた。

「頭を打撲しただけ。そのおかげで、色々と思い出したよ」

「えっ。あなた、記憶が……」

母は口を押さえ、言葉をなくした。ごくりと唾をのみ込み、私の顔を見る。

「……とにかく、ここじゃなんだから、帰って休みましょう」

背中に回された母の手から、数歩逃げた。伸ばされた手が空を切る。

「帰るって、どこへ？」

「どこって」

「景虎は私の夫なんかじゃなかった。そうでしょう？」

母の顔がみるみるうちに色を失っていく。見張られた目が、真実を物語っていた。

「綾人って人が、私の婚約者だった」

「あなた、全部思い出したのね」

声を震わせた母に、私は首を横に振って応えた。

「残念ながら、完全ではないと思う。けど、ほぼ思い出した。どうして嘘をついて、付き合ってもいない人を夫だなんて言ったの」

「それは……」

母はちらちらと周囲を見た。救急外来のロビーには、何組かの患者がいる。

「景虎の会社が、綾人のお父さんの会社より大きかったから？　病院に利益があるから？」

「萌奈、ここでこんな話は」

「お父さんたちは私に自由に生きればいいって言ったくせに。どうしてこんなことしたの！」

大声を出すと、さすがに周囲の視線が突き刺さった。

私は怒りに任せて母の横をすり抜け、大股で出口に向かう。追いかけてくる母の足音が耳障りだ。

「萌奈、うちに戻っていらっしゃい。お父さんが帰ってきたらみんなで話し合いを……」

「どうせうまいこと言って、私を丸め込む気でしょう。綾人さんと景虎と、全員そろわないと話し合いは成立しないわ。それに」

タクシー乗り場まで歩いた私は、振り返る。青ざめた母の顔に言葉を放った。

「一度私を騙した人たちのことを、どうやって信じればいいの?」

言葉を切り、母を見つめる。母はまるで胸を拳銃で撃たれたような顔をしていた。

実際、手で胸のあたりを押さえていた。

「……ちょっとひとりにして」

タイミングよく来たタクシーに乗り込んだ。

「どちらまで?」

「ええと……」

どこに向かえばいいのか。さっぱり見当もつかなかった。とりあえず景虎のマンションとは逆の方向を指示する。

ゆっくり発進したタクシーの後部座席から、バックミラーをのぞく。母はどうすることもなく、ただ立ちすくんでいるように見えた。

どこに向かおうか迷った挙句、結局会社の近くでタクシーを降りた。土地勘がない場所よりはいいだろう。少し歩けばビジネスホテルが何軒かあるはずだ。

疲れた体でふらふら歩いていると、ぐううとお腹が鳴った。そういえば上田さんのクッキー一枚と紅茶、ホテルのコーヒーしか口にしてなかったんだ。

「お腹……減った……」

相当なショックを受けたにもかかわらずお腹が空く自分に、びっくりだ。

私は飲食店を求めて歩きだした。秘書課時代に原田さんと一緒に行ったお店が近くにあったはず。

記憶が戻った私は、まず原田さんとランチをしたカフェに向かった。果たして、ちゃんと覚えていた場所にそのカフェはあった。しかも、中を覗くと原田さんらしき人が見えた。

「あっ！」

お店のガラス窓に外から張りつくと、中にいた原田さんが驚いた表情でこちらを見ていた。彼女の前にはサラダとパスタが置かれている。飲み物はアイスティーだ。

「原田……しゃん……」

ずるずると妖怪のようにへたり込む私。

疲労と空腹の限界だった。まさかこの現代日本で行き倒れることになろうとは……。

「萌奈ちゃん！　どうしたの？　ボロボロじゃない」

頭に包帯、頬に湿布の私はたしかにボロボロだ。店内のお客さんから見たら、完全にホラーだっただろう。

お店から出てきた原田さんは私を起こし、店内まで支えていってくれた。

「お腹が空きました……」

私はテーブルに突っ伏した。怪訝そうな顔で近づいてきた店員さんに、原田さんが同じものを注文する。

「いただきますっ」

料理の到着と同時に顔を上げた私は、勢いよくサラダの器にフォークを突き刺した。

「いったいどうしたの。なにがあったの」

原田さんも戸惑った顔で食事を始めた。きっと仕事のあとでのんびり食事をしようと思っていたのだろう。彼女の傍らには読みかけの文庫本がある。癒しの時間を邪魔してしまった罪悪感を覚えた。

「ごめんなさい」

胃に食べ物が入って落ち着いた私は、まず謝った。

「謝らなくていいよ。話したくないなら、話さなくてもいいと言いたいところだけど、今日はちょっと心配だな」

原田さんは午前中の不審者騒ぎも知っていた。被害者が私であることも。

私を心配して午後に庶務課を訪ねてくれたそうだが、私はすでに早退したあとだったという。

「原田さん……聞いてくださいよぉ～」

原田さんの優しさが胸に染みて、思わず泣けてきた。しゃくり上げる私の横に、誰かが立つ音がした。

「あなた、なにやってるの」

「あー佐原ちゃん、お疲れー」

名前を聞き、バッと顔を上げた。涙を拭くと、そこには仏頂面の佐原さんが立っていた。

「今日は私と食事する約束だったのに。どうしてまたこの子がいるんですか？」

佐原さんはまったく優しくない口調で、私をビシッと指さす。原田さんは眉を下げて困ったように微笑む。

「だって、この格好で行き倒れてたのよ。心配じゃない」

「まあ……そうですね」

もともと原田さんは佐原さんとここで待ち合わせしていたらしい。えらいところに乱入してしまったと思ってもあとの祭りだ。

佐原さんは原田さんの隣に座り、ドリアを注文した。店員がいなくなるなり、腕を組んで私を見下ろす。

「で？　お嬢様が貧民みたいにパスタをがっついている理由はなんなの？」

少し前から見られていたらしい。恥ずかしさやら情けなさやらでうつむく私の代わりに、原田さんがおっとりと答える。

「それは私も今から聞こうと思ったんだけど……」

原田さんは「ねえ」と私に同意を求める。

私、みんなに困った顔や悲しい顔ばかりさせている。でも、私だって困っているし、泣きたいんだ。

「おふたりとも、聞いてください……食べながらでいいんで……」

原田さんが佐原さんに目配せする。佐原さんは興味なさそうに、運ばれてきたドリアにスプーンを入れながら言った。

「勝手にしゃべれば」

不思議と、佐原さんの怒っているような無表情に安心した。

私を心配して、いたわって、愛してくれていると思わせた人たちの表情がことごとく嘘だったとわかった。そのショックで、誰かの笑顔さえ怖く感じるのかもしれない。

「実は」

私は記憶を取り戻したこと、記憶喪失の前に婚約者がいたのに景虎と夫婦だと教えられたことなど、綾人から聞いたことをぽつぽつと話す。

途中、ふたりとも「え？　どういうこと？」と聞き返すこともあった。自分でもややこしい話だと思うけどしょうがない。

長い話を終えると、食べながら聞いていたふたりのお皿は空っぽになっていた。

「私、萌奈ちゃんが事故のあとに、実は副社長と結婚してたって聞いて、びっくりしたんだよ。別の婚約者がいたはずなのに、おかしいなって」

「知ってたんですか」

「うん。婚約者の話、たまに聞いてたから」

そうだった。私は原田さんに『婚約者がいて、もうすぐ結婚する』と話していたんだ。

「私もそう聞いてたから、副社長と結婚したって聞いて、なんて節操のない女なんだと思った」

「おう……」

まあ、そう思いますよね。

「あ、だから私のこと余計に嫌いになったんですね⁉」

「それは前から。私はあなたみたいに他人によりかかって生きている人が嫌いなの」

バッサリと言い放つ佐原さんの言葉が、私の胸をざっくりと斬りつける。

間違いない。私は両親や景虎、上田さんにも甘えてばかりだった。自分で自分の生活を成り立たせていたことがない。

「まあまあ、その話は置いておいて」

原田さんが透明の箱を手で持って動かすようなジェスチャーをした。

「副社長とご両親が結託して、萌奈ちゃんを騙していたってことよね。夫婦だと言って同居までさせておいて、実は恋人でもなかったと」

「意味不明だな。どうしてそんなことをしたんだろう」

正面のふたりは首を傾げた。私にもわからない。

私と景虎を政略結婚させたいなら、ちゃんと綾人との話を筋道つけて断り、綺麗にしてから次の結婚話を進めた方がよかったんじゃ。私が記憶喪失になってしまったから、面倒を省いて『もう結婚したことにしちゃえ』って思ったのかな。

「あなたが急に記憶を取り戻す事態だって考えられるじゃない。今日みたいに」

「ですよね……」

「そうなっても、副社長には自分が選ばれる自信があったんじゃない？」

原田さんが言うと、佐原さんが眉をひそめた。

「結局、元婚約者から彼女を横取りしたってことですか」

「そうなるわね」

「そんなに急いだってことは、なにか事情があるんでしょうか」

たとえば、うちの病院が実は経営難で、医療機器メーカーの社長、つまり景虎のお父さんを口説き落として、安く機器を売ってもらう契約をしたとか……。

私の予想を話すと、佐原さんが首を横に振った。

「それじゃ、副社長にメリットがない」

ストレートすぎる発言に、私はまたグッサリと心を突き刺された。っていうか、抉《えぐ》られた。

そりゃあ、実家が病院を経営しているだけで、私自身は自立もできない、情けない社会人ですよ。医者になれなくて秘書になりましたよ。頭も顔も普通、性格が特別いいわけでもない。そりゃあ結婚したって景虎にはなんのメリットもないわけだ。

「ああめんどくさ。両親と本人に聞くのが一番早いんじゃない？」

佐原さんはノンアルコールビールを注文し、勢いよく喉に流し込む。

「ですよねえ」

「それは萌奈ちゃんもわかってるのよね。ただ、嘘をつかれてびっくりしたのよね。遅れて反抗期が来たっていうか……お母さんに対してちょっと怒っちゃったから、帰りにくくなったんでしょ」

まるで小学校高学年の女子に言い聞かせるように、原田さんがフォローしてくれる。全然フォローになってないけど。

思い切り図星を指されて、私は下を向いた。

そうかもしれない。嘘をつかれて驚いて腹が立って、人生初のぶち切れを体験してしまった。母にも思い切り嫌な態度をとって……だから今さら、帰れない。

「くっだらない。謝って実家に入れてもらいなさい。どうせひとりじゃ暮らしていけないんだから」

「あうう……」

佐原さんは私に生活能力がないことを見抜いている。正論すぎて反論できない。情けない。

うなだれる私を見かねたのか、原田さんがポンと私の肩を叩いた。

「仕方ない。今日はうちに泊まる？」

「ちょっと、大丈夫ですか？　寄生されたら大変ですよ」

ひどい言われようだ。

「いいじゃない。落ち着いたら帰るわよねえ？」

「はい。どうかよろしくお願いいたします」

原田さんに後光が射しているように見え、眩しくて目を覆った。まるで女神様だ。

こうして私は、原田さんに一時保護されることとなった。

「わあ……素敵」

原田さんのひとり暮らしのマンションに着いた私は、嘆息を漏らした。

彼女の部屋は、広々とした１Ｋ。白とベージュで統一された洋室は、すっきりと片付けられていた。

生花がおしゃれな花瓶に活けられているのを見るだけで、この人は私と違い、丁寧な暮らしをしている……と感心してしまう。

そもそも、約束もしていないのにいきなり他人を呼べるということは、普段からきちんと整理整頓しているってことだ。

すすめられるままお風呂をいただいて、途中で買った下着と原田さんに借りたパジャマに着替えて部屋に戻った。

ぼんやりとテレビを見ていると、原田さんがお風呂から戻ってきた。

美人って、どんなスキンケアをしているんだろう。私は原田さんが肌のお手入れをするのを眺めていた。

「そういえば萌奈ちゃん、スマホの充電は？」

不意に原田さんが顔を上げたので、今まで存在を忘れていたスマホのことを思い出した。

自分のバッグを探り、スマホを取り出してみると電源が切れていた。真っ黒な画面に、なぜだかホッとした。

「切れていますけど、このままでいいです」

今日はスマホを見る気になれない。誰かから着信があっても出たくない。充電器はマンションに置いてきてしまった。ちょうどいい。充電はせずそのままにしておこう。

「夜遅くまで語り合いたいところだけど、明日は仕事があるのよね。萌奈ちゃんはどうする？」

「あ……どうしよう……」

景虎も出社しているであろう会社に、行ける気がしない。でも、景虎に会いたくないという理由で休んでいいものだろうか。今日も自分の都合で早退してしまった。これではますます佐原さんが嫌う、自立できていない女になってしまう。

「明日の体調で決めます」

「うん、それがいいね」

完全にではないけれど、記憶を取り戻したばかり。朝起きて、めまいや頭痛がするようだったら休ませてもらおう。そんな状態で無理して行ったって、役に立たないし。

「そういえば萌奈ちゃん、ひとつ聞こうと思ったんだけど」

「はい、なんでしょう」

ソファの上でぴしっと背筋を伸ばすと、原田さんは静かに聞いた。

「今の萌奈ちゃんが好きなのは、元婚約者と副社長、どっち？」

「え？」

唐突な質問だったので、一瞬声を失ってしまった。綾人と景虎、どっちが好きかなんて、考えたことがなかった。今日明らかになった事実を受け止めるのに精一杯で、そこまで感情が追いついていない。

「……どっち……」

騙されたとか、わざとじゃないけど殴られたとか、余分な雑味を抜きにしたとして。私は、彼らのどちらが好きなんだろう。

「ごめん、寝る前に難しい質問したね。ただ私は、このままじゃ前に進めないから、より好きな人の方に帰ればいいんじゃないかなって単純に思ったの」

「はい」

「両方とも政略結婚だものね。両方とも好きじゃなかったら、全部白紙に戻して、ひとり暮らしを始めてもいいんじゃない？」

全部なかったことにして、新しい生活を始める。ゲームのリセットボタンを押すような気楽さで、原田さんは言う。

「何回でもやりなおしたらいいんじゃないかな。副社長もご両親も、萌奈ちゃんも」

やりなおす。リセットして、新しい人生をスタートする――。それは簡単なことじゃないとわかっている。

それでも、自分でやりなおそうと思わなければ、前に進めずに停滞するだけ。

「電気消すね。おやすみ」

私は借りたタオルケットを顔まで手繰り寄せ、ソファで横になった。疲労で眠気がピークに達している。

原田さんの質問についてじっくり考える暇もなく、いい匂いのする室内で、心地いい眠りに誘われた。


ゆっくりとまぶたを開ける。視界に映ったのは、狭い部屋の中に並ぶスチール製の本棚。

思った通りに足が動かない。私の視界は思っているのとは逆の方向に動く。

そのとき、気づいた。これはもしや、夢なのではないか。

ガチャリとドアが開く音がして、反射的に振り向く。そこには、スーツ姿の景虎がいた。

冷たい目でこちらを見る彼に、心臓を掴まれたような気になった。

緊張した私は、「こんにちは」と声をかける。景虎は「君か」と返事とも挨拶とも取れない言葉を漏らし、本棚から本を一冊取って、閲覧用の椅子に腰かけて表紙を開いた。

そうだ。ここは、会社の図書室だ。今日の昼、マンションの書斎で思い出した記憶の景色とうりふたつ。

私の胸は壊れそうなほど高鳴っていた。痛いくらいだ。

しばらく息を整えたら、やっと一歩踏み出して景虎の方に近づいた。

「副社長」

夢の中の私が名前を呼ぶと、景虎が憮然とした表情で、読んでいた本から顔を上げる。

「なんだ。読書中に君が声をかけてくるなんて珍しい」

どうやら、会社の図書館で知り合い、ちょくちょく顔を合わせていたというのは嘘ではないらしい。副社長と社員というより、読書仲間に対するように景虎は話した。

「すみません。今日は私のおすすめの本を、ぜひ読んでいただきたくて」

差し出した手が持っていたのは、景虎のマンションの図書室でも見つけた、私の大好きな本だった。

片手で受け取った景虎は、パラパラと中身をめくって飛ばし読みする。

この光景、昼間も見た。白昼夢のようだったけど、やはり実際に起きていたことなのだと実感する。

「なんだか、子供っぽい内容だな」

「ちゃんと読んでください。人を愛するとはどういうことか、副社長にもわかってもらえるはずです」

「君は俺をどう見ているんだ」

「別に、みんなが言っているような冷血サイボーグだとは思っていませんよ。ただ、ちょっと人との接し方が雑なだけですよね」

仕事の交渉や会議は丁寧なのに、と私は追加で呟く。違う。本当に伝えたいのはそんなことじゃない。

唐突に、私は思い出した。私はこのとき、景虎に……。

「これ、貸してあげますから。温かい人間の心を取り戻してください」

違うの。わざと憎まれるような言い方しかできないのは、勇気がなかったから。

私、本当はあなたが好きだったの。

初めて図書室で、冷血サイボーグと噂のあった副社長と出くわしたときは、心臓が止まりそうだった。でも何度か顔を合わせるうち、あなたは私と同じ、本当に読書が好きな人なんだってことがわかった。

あなたが本を読んでいるときにうっかりスマホが鳴ったりすると、鬼のような顔でにらまれたっけ。

会社の図書室の利用者はまばらで、私たちはいつでもふたりきりで会うことができた。

私たちはお互いに、自分の好みの本をすすめることはしなかった。自分で選んだ本を楽しんでいる景虎の姿を見るのが好きだった。

数回図書室で会うと、景虎は仏頂面以外の顔を見せてくれるようになった。本を読んでいないときに雑談をして笑うこともあった。

そして、いつの間にか私は景虎を好きになっていた。

でも、私には婚約者がいる。両親が厳しいので体の関係こそないものの、政略結婚で綾人のものになる日は刻一刻と迫っている。

私は毎晩憂鬱になり、景虎を想っては苦しくなった。それでも、自分の口から婚約破棄を言いだす勇気がなかった。

綾人は強引なところもあるが、基本的には優しかった。ただ、あまり仕事を真剣にしている様子がなかったのが、気にかかっていた。

いい大人が『俺、親の敷いたレールに乗るのは嫌なんだよね。今時世襲制の会社なんて古いでしょ』ともっともらしい言葉を吐いて、働かないことを正当化していた。他にやりたいことや目標があればそれもうなずけるけど、私には綾人が遊んで暮らしているようにしか見えなかった。

悪い人ではないと思うけど、私はずっと違和感にまみれていた。

本当にこの人と結婚していいのかな？　これ、違うんじゃないかな？

でも、両親の顔を見るとなにも言えなかった。医者になれなかった私は、これ以上両親を失望させてはいけないといつも思っていた。

景虎への淡い想いはのみ込んで、忘れてしまおう。淡いまま、海の底に沈めてしまおう。

決意しても、次の日には図書室に足が向かってしまった。景虎に会えた日は嬉しくて、そうでない日は悲しかった。

まるで小学生みたいな私の初恋は、いつまでも続かない。箱入り娘だって、それくらいはわかっていた。

そうだ……この日私は、これで景虎に会うのは最後にしようと思っていたんだ。

私物の本を渡したのは、彼の部屋に私の痕跡を残したかったから。気持ちが悪いと思われようと、私の一部である本を、彼の近くに置いてほしかった。

体は他の人のお嫁さんになっても、せめて心だけは、景虎のそばにいたかった。

「いつ返せるかわからないが」

好きだって言いたい。好きになってほしい。結婚なんて、やめたい。でももうあと戻りはできない。

せめて、せめて、この本だけは、あなたのそばに置いてください。大きな本棚の片隅でもいいから。

「いつでもいいです。というか、差し上げますから持っていてください」

私は精一杯の作り笑顔を見せた。

本当は泣きたかった。これが最後だと自分で決めたくせに、早速後悔していた。

「……どうした。どこか痛いのか。おかしな顔をしている」

景虎が立ち上がり、近づいてきた。私はあとずさる。

長い指に触れられたら、私はきっと言ってしまう。あなたが好きだと。だけど、別の人と結婚しなくてはならないのだと。

婚約者がいるのに他の男の人に恋をする、はしたない女だと思われたくなかった。

「大丈夫です。じゃあ、さようなら」

涙が出そうになるのをぐっとこらえ、私は景虎の横をすり抜けた。

「おい……」

うしろから聞こえた景虎の声は、私を引き留めようとしてくれたのだろうか。今となってはもうわからない。

自分でドアを閉めた音が意外に大きくて驚いた。足元の床が抜けたような感覚に身を縮めた——。


「っあ、はあっ……」

大きく息をして見上げた景色は、シーリングファンが回る白い天井だった。パッと明かりがつき、夢から覚めたのだと気づいた。

「萌奈ちゃん、大丈夫？」

明かりをつけたのは原田さんだ。心配そうにこちらを見ている。

「すみません……」

次の瞬間には涙でそれも見えなくなっていた。両手で顔を覆い、ゆっくり息をした。それでもこらえきれず、嗚咽《おえつ》が漏れた。一度泣き始めると、もう止まらなかった。

「いいよ、我慢しないで。ずっと我慢していたんだね」

原田さんが横になったままの私の頭を撫でてくれる。原田さんも明日仕事なのに。寝ないといけないのに。

「ごめんなさい、ごめんなさい……」

「いいよ。気が済むまで泣いていい」

優しく頭を撫でてくれる原田さんの手が、温かかった。

そしてそれが景虎の手ならいいのにと一瞬でも思ってしまった自分が、情けなくて恥ずかしかった。

私はそれくらい、彼のことが好きだったんだ……。

翌朝、私は原田さんと一緒にマンションを出た。

泣きはらしたまぶたが重い。分かれ道で、原田さんは心配そうに言った。

「本当にいいの？　ゆっくり休んでいっていいんだよ」

私はゆっくりと首を横に振った。

「早く決着をつけておきたいんです」

社会人としては、プライベートなことで仕事を休むのは避けるべきなのだろう。だけど私はすべてに決着をつけることが最優先だと思っていた。

このままでは、いつまで経ってもなにも解決しない。私がまずやるべきことは決まっている。

「わかった。なにかあったら連絡して」

原田さんは口角を上げると、駅の方向へ歩いていった。私は踵を返し、逆方向へ。

大通りに出て、つかまえたタクシーに乗る。実家の住所を告げ、タクシーが発車すると、しばらくして眠気が襲ってきた。

うつらうつらとしながら、また夢にのまれていった。


――景虎に本を渡したあの日。会社を出たら日が傾き始めていた。

もう会わないと決めたけれど、結局私は社長秘書で、彼は副社長。同じフロアに勤める以上、まったく顔を合わせないというわけにはいかないだろう。

数カ月後には結婚退社する予定だ。それまでどういう顔をして出勤すればいいだろうか。

早く気持ちに踏ん切りをつけた方がいいと思って、勝手に別れの日を今日だと決めた。なのに私は彼への恋慕を捨てきれる自信がまったくなかった。

じわりと涙がにじむ。歩いて帰れる気がしなくて、タクシーを拾った。

運転手しかいない空間に安心した途端、涙がぽろりと一粒、膝の上に置いた手の甲に落ちた。

実家へと行き先を告げて五分後、バッグの中でスマホが鳴った。見ると、知らない番号からの着信だった。

いつもなら知らない番号からの電話など出はしない。けれどそのときだけは、自然と指が動いていた。

「……はい」

《綾瀬か。今どこにいる》

副社長の声だ。どくんと心臓が跳ね上がった。

「えっと……タクシーの中ですが、なにか」

涙声で返事をして、頬を濡らす涙を拭いた。電話越しに私が泣いているのを悟られはしないだろうけど、できるだけ平静を装いたかった。

《今から会えないか》

「えっ……」

《あんな泣きそうな顔をされたら、嫌でも気になるだろう。なにか俺に言いたかったんじゃないのか》

彼の言葉に、我慢していたものがガラガラと崩れていく音がした。

副社長は私の下手くそな演技に違和感を持ち、わざわざ電話をしてくれた。それだけでじゅうぶんだという思いと、今すぐ彼のもとに飛んでいきたい思いがせめぎ合った。

私はやっぱり、結婚なんてしたくない。

「副社長、あの――」

そこで言葉は途切れた。背中を思い切り突き飛ばされたような衝撃に、声が出なくなったのだ。

天地がひっくり返ったのかと思った。

傍らに置いてあったバッグは運転席と助手席の間をまるで弾丸のように飛んでいき、背中になにか細かく鋭いものがパラパラと降り注いだ。

と同時に、頭に痛みが走り、すぐに気が遠くなった。

なにかが起きたのだということはわかったけど、うしろから勢いよく追突されたとまでは判断がつかなかった。

薄れていく意識の中で、自分は死ぬのかなとぼんやり思った。

――最後に副社長の声を聞けて幸運だったな。

強烈な眠気に負けるときのように、私はそっと意識を手放していた。


「着きましたよ、お客さん。ここでよかったですか」

運転手の声でハッと覚醒《かくせい》する。

周りを確認すると、窓はどこも割れていない。荷物も手元にある。

今のは、事故に遭ったときの記憶……。

ボーッとしてバックミラーを見ると、こちらを怪訝そうにうかがっている運転手と目が合った。

「あ、ごめんなさい。大丈夫です」

慌てて代金を支払い、タクシーから降りた。生々しい夢の衝撃が、体をふらつかせる。

まるで今乗っていたタクシーが後続車に追突されたかのように、頭がふわふわとしていた。

実家の鍵は、景虎のマンションに置きっぱなしだ。私は思い切って、門のインターホンを押した。

『はーい、どちらさま……あっ！』

向こう側から聞こえたのは、まぎれもなく母の声だった。

昨日思い切りつっけんどんな態度をとってしまったので気まずいけれど、仕方ない。

「開けてくれる？」

話している途中で、ブツッと切られた。そりゃあさすがの母もあの態度じゃ怒るよね。

もう一度トライしてみようかと、インターホンに指を近づける。するとまだ押していないのに門の格子が電子音とともにゴロゴロと開いた。

その奥に、母が立っていた。急いで来たのか、少し息が上がっていた。

「なに突っ立ってるの。早く中に入りなさい」

母はいつもと変わらぬ顔で、手招きをする。うなずいた私が敷地内に足を踏み入れると、背後で格子が閉まった。

門から玄関まで、父の趣味で作った日本庭園を横切っていく。庭師が整えた木々は、私が事故に遭う前と同じフォルムを保っていた。

「おかえり。よく帰ってきてくれたわね。景虎さんから萌奈が帰っていないって聞いて、心配していたのよ」

母は玄関に入るなり、泣きそうな顔で笑った。母に心配をかけてしまったことを申し訳なく思う。

「昨夜は職場の先輩の部屋に泊めてもらったの」

「そうなら連絡してよ。捜索願を出す寸前だったんだから」

「ごめんなさい。スマホの充電が切れて」

とにかく座りなさいと、私はリビングに通された。

外から見るとごりごりの日本家屋に見える我が家だけど、中に入れば洋室もある。

フローリングの床に置いたソファに座ると、母がお盆にお菓子をどっさり盛り、私の前に置いた。

「お腹空いてない？　お菓子が嫌ならなんでも作るわよ」

「大丈夫。夜も朝もちゃんと食べたから」

まるでろくなものを食べていなかった家出少女の扱いだ。かつ丼でも作りだしそうな勢いの母を止めた。

「それより、話をしたくて来たの。昨日は記憶を取り戻したばかりで混乱していてごめんなさい」

ひどい態度をとったことを謝ると、母は隣に座って首を横に振った。

「そりゃあ、あなたにしたらわけのわからないことになっていたんだもの。無理ないわ」

ちっとも怒っていない様子の母に、ますます申し訳なくなる。でも謝ってばかりでは話が進まないので、本題を切り出すことにした。

「どうして私は景虎と結婚していることになったの？　どうして綾人さんのことを隠したの？」

景虎との政略結婚の方が、両親に都合がいいとしても、真面目な彼らなら、綾人とのことはきちんと整理してから、次に進むはず。しかし今回はそうではなかった。

「それは……あなたに幸せになってほしかったから」

「幸せに？」

こくんと母はうなずいて、「なにから話せばいいかしらね」と遠くを見た。

「景虎さんに任せた方が、あなたは幸せになれると思ったの」

「どういうこと？　詳しく話して」

詰め寄ると、母は困ったように眉を下げる。

「これ以上のことは、景虎さんに聞いた方がいいわ。あなたが本当に知りたいのは、景虎さんの気持ちじゃない？」

まだ若々しさを残した母の目が、私をまっすぐにとらえる。

「景虎の気持ち……」

なにかが腑《ふ》に落ちたような気がした。

そうだ、私は景虎に嘘をつかれていたことがショックだったんだ。

どうして夫婦だと嘘をついたのか、本当は私をどう思っていたのか。

一緒に過ごした日々は、全部虚構だったのか。

「そうかもしれない」

私は景虎の本当の気持ちが知りたい。その上で、これからどうするかを決めたい。

「それなら、私が色々と話すより、景虎さんに聞いてちょうだい。彼は本当のことを話してくれるはず」

「お母さんはそう思うのね」

「ええ。私は景虎さんのことを信用しているわ」

言葉の裏を読むと、母は綾人のことは信用していない、と匂わせたように聞こえる。

実際、そうなのかもしれない。夢の中……取り戻した記憶の中で私は、綾人との結婚を迷っていた。母にも感じるところがあったのだろう。

「わかった」

いつの間にか緊張は解けていた。母が淹れてくれた緑茶の香りのおかげかもしれない。

「じゃあ、今から景虎のところに行くね」

腰を浮かせた私の服の裾を、母がキュッと掴んだ。見下ろすと、母は寂しそうに言った。

「ダメよ。萌奈はここでお昼ご飯とおやつを食べていきなさい」

「ええ？」

時計を見ると、まだ十時を少し過ぎたくらいだった。

「どっちみち、景虎さんの仕事が終わるのは夕方でしょ。それまでここにいなさい」

「ええ……」

「なんの心の準備もなく、かわいいひとり娘を手放した私の気持ちも汲んでよ」

母は私を離そうとしない。私は諦めてソファに腰を下ろした。

そうか、退院してそのまま景虎のところに行ったのが、本当は寂しかったんだ。事故に遭うまで、私が家を出ていくのはもう少し先だと思っていたから。

お世辞にも嘘がうまくない母は、私に隠し事をしていることも心苦しかったのだろう。

「じゃあ、いただいていきます」

「よし。スマホの充電もしていきなさい」

観念すると、母は満足そうに鼻から息を吐いた。

昼食の準備が整うまで、私は事故の前に使っていた自室に戻ることにした。

「そうだ、萌奈」

思い出したように母がリビングの壁際に置いてあるチェストを探った。

「これ」

母が差し出したものを受け取って驚いた。それは事故の前に私が持っていたスマホだった。

「本当はね、壊れずに車内にあったの。警察もこれは事故と関係がないからと、すぐに返してくれたわ」

「そうなんだ……」

充電は切れ、画面は真っ黒だったけど、割れてはいない。いくら強く追突されたとはいえ、スマホが窓ガラスを突き破って路上に投げ出されたというのは、今思えば少し無理がある。

景虎や両親は、なにか理由があって私に記憶を取り戻してほしくなかった。だからスマホを隠したのだ。

ここで詳しく話を聞こうとしても、母は『景虎さんに聞いて』と言うだけだろう。

私は黙ってスマホを握りしめた。

自分の部屋に入ると、まるで何年も帰っていなかったように、なにもかもを懐かしく感じた。

使い慣れていたベッド。小さなサイドテーブル。ひとつだけ存在感を放つ大きな本棚。

ぴっちりと本が詰まった棚の隅に、ちょうど一冊分のスペースが空いていた。景虎に渡したあの本を入れていたスペースだ。

私はチェストの上に無造作に置かれていた充電器を取り、古いスマホを充電した。新しいスマホの充電器はマンションに置きっぱなしだったけど、母のものが同じタイプだったので、それを使わせてもらうことにした。

コンセントに二台のスマホをつなぎ、電源を入れた。するとすぐに着信やメッセージの受信を知らせる通知音が二重に鳴った。

まず古いスマホの履歴を見る。ついこの間までこの番号が生きていると思っていたのだろう。綾人からの着信やメッセージが何件も入っていた。

『どうして電話に出ない？』

『返事くらいしろよ』

『お前の親から婚約破棄との連絡があったが、納得できない。このまま無視するようなら訴える』

と、私を責める言葉の羅列《られつ》。

婚約者がある日突然行方をくらまし、親からもちゃんとした説明もなく婚約破棄を申し入れられた。彼の立場からすれば怒りたくもなるだろう。

見ているだけで気が重くなったが、一応すべてを確認した。さほど重要なメッセージはないように思えたが。

「あ……」

着信履歴を追っていくと、事故の日に登録されていない番号からの着信があった。

「夢じゃなかった」

その番号は、景虎のものだった。さっき、タクシーで見た白昼夢は、やはり実際の記憶だったのだ。

事故に遭ったその瞬間、景虎と通話がつながっていたんだ。

もし、あの日事故に遭わなくて、景虎に会いに行っていたら、どんな展開が待っていたのだろう。

考えてもしょうがないことだ。

私は古いスマホを置き、新しい方を手に取った。

同じように履歴を確認すると、景虎と綾人、両親からの着信が代わる代わる入っていた。

景虎や両親からのメッセージは、『怪我は大丈夫か』『どこに泊まるのか、とにかく連絡してくれ』と私を心配するものばかり。

びっくりしたのは、一通だけ来ていた綾人からのメッセージだ。なんとそこには『警察沙汰にはしないでください。お願いします。一度連絡をください』と書かれていた。

昨日景虎を殴ろうとして私を傷つけたことを、今になって後悔しているのだろう。私を思いやっているのではなく、警察沙汰になったら、綾人自身が面倒なことになるから。

私は妙に感心した。もちろん綾人ではなく、うちの両親にだ。

綾人が利己的な性格だということに薄々気づいていたからこそ、婚約破棄に踏み切ったのだろう。

サイドミラーに打ちつけた頭の傷が、ずきりと痛んだような気がした。

一日でも早く、綾人との関係にしっかりとケリをつけよう。昨日までは彼を裏切ったようで、申し訳なささえ感じていたけど、今はどんな気持ちも残っていない。ただただ、無関係になりたい。

それよりも私は、景虎が夜通しメッセージを送り続けてくれたことが気にかかった。

彼は今日も出勤のはず。なのに、ずっと起きて私の帰りを待ち続けていたのだろうか。

そうであってほしいと思う気持ちと、申し訳なく思う気持ちがないまぜになった。

どう返信していいのかわからず、一旦スマホを膝の上に置いた。

＊＊＊

昨夜、萌奈は帰ってこなかった。お義母さんのところにも連絡はないという。

まさか堺綾人のところにいるとは思わないが、心配で仕方がない。事件や事故に巻き込まれていないことを願うばかりだ。

俺は副社長室で、深いため息をついた。昨夜はほとんど眠れなかった。何度スマホを見ても、萌奈からの連絡はない。

「副社長、お身体の具合でも悪いのですか？」

秘書が用事のついでに尋ねてくる。ちょうど萌奈と同じくらいの年頃の女性だ。

「いや……」

幸運なことに、今急いで片付けなくてはならない仕事はない。こんな状態でなにをやっても、能率は上がらないばかりか、つまらないミスをしかねない。

「すまない。少し休憩してくる」

椅子から腰を浮かせると、秘書は眉を下げた。

「本当に大丈夫ですか。医務室へ行った方がいいんじゃないですか？」

「ああ、大丈夫だ。すぐに戻るから」

俺は問い詰める秘書から逃げるように、副社長室を出た。向かうのは図書室だ。

今は昼前、誰もが各部署で仕事をしている時間。図書室の利用者は俺だけと決まっている。

静まり返った図書室で、閲覧用の椅子にどかりと腰かけた。

ぼんやりと本棚を眺める。その陰から萌奈がひょっこり出てくるような気がして、目頭を押さえた。

どうやら、だいぶ疲れているらしい。寝不足の頭では本を読む気にもならなかった。

まぶたを閉じ、背もたれに体重を預けた。インクや紙の匂いが、ここで萌奈と過ごした日々を思い出させる。

最初、この図書室に迷い込んできた萌奈を見たときは、特になにも思わなかった。

父の秘書だということも知らなかった。

『あ、あのう……お邪魔していいですか？　ここ、図書室だって聞いて……』

遠慮がちに聞いてきた丸く大きな瞳は、キラキラと輝いていた。まるで、宝島を見つけた子供のように。

『もちろんだ。ただし、業務で資料が必要な場合以外の利用は、休憩時間か終業後に限る。仕事をサボるなよ』

『はい！』

利用の許可をもらったことがそんなに嬉しいのか、萌奈は元気に返事をした。その声が大きかったので、俺は『しっ』と唇の前に人差し指を立てた。

この子は心から本が好きなのだ。それは本棚を眺める顔を見ていればわかった。

お互い無駄話はしなかったが、いつからか顔を合わせるとぽつぽつと言葉を交わすようになっていた。

いつも緊張したような笑顔を向けてくる彼女の様子が変わりだしたのは、知り合って数カ月経った頃だった。

『体調でも悪いのか』

先ほどの秘書のように、聞いてみた。しかし萌奈はへらりと笑い、首を横に振るだけだった。

なにか悩んでいるのかもしれない。気になったが、たまに図書室で一緒になるだけの俺にそんなことを聞かれても困るだろうか。

人付き合いが苦手な俺は、いつ一歩を踏み出すか考えあぐねていた。

実家に帰る機会があったとき、父にそれとなく聞いてみた。図書室でよく会う秘書がいるのだが、どんな人なのかと。

父は彼女を気に入っているらしく、『頑張っているよ』と好意的に話した。

父から、萌奈の実家が病院であること、コネ入社のせいで嫌な思いをしていることもあるようだが、仕事には一生懸命であることなどを聞いた。

嫌味を言ってくる同僚のことで悩んでいるのかもしれないと、ぼんやり考えていた俺に、父はさらっと言った。

『再来月だったかな。寿退社する予定らしい』

突然落ちてきた隕石《いんせき》が脳天を直撃したかのような衝撃を受けた。

『へえ……』

そうか。結婚するのか。

それ以上、声が出なかった。胸に重い石がのしかかり、気道まで塞がってしまったようだった。

『派遣会社社長の息子とだと。病院は慢性的人手不足だからなあ』

父のその言葉は、まるで萌奈が政略結婚の道具にされるとでも言っているように聞こえた。

俺の脳裏に、落ち込んだ様子の萌奈の顔がちらつく。

ただのマリッジブルーならばいいけれど、もしかして政略結婚させられるのが嫌で、悩んでいるとか……。

思わずそんな想像をして、苦笑を漏らした。政略結婚だとは限らない。萌奈は相手のことを好いているかもしれない。

ウエディングドレスを着て誰かのものになる萌奈の姿を想像すると、胸の石は余計に大きくなった。

その後俺は、萌奈の婚約者であるという男のことを調べさせた。調べたからどうしようというわけでもない。ただ興味があるだけだと、自分に言い聞かせていた。

仕事が第一で、他人に興味が持てなかった俺をここまで突き動かしたのは、萌奈が初めてだった。

身辺調査の結果はすぐに出た。

萌奈の婚約者、堺綾人は親の経営する派遣会社の役員ではあるものの、役職は名ばかりで、実際は仕事をせず、好きなことばかりしていた。

それだけではない。萌奈という婚約者がいながら、他の女性とも遊び歩いているようだ。キャバクラを渡り歩くだけでなく、何人かの女性とは肉体関係も持っていた。萌奈は、騙されている。いや、気づいていながらも家のために我慢して結婚しようとしているのか。

どちらかはわかりようもないが、これから萌奈が幸せになれる確率を考えると胸が痛くなった。

このろくでもない男が、彼女を完璧に騙してずっと幸せにしてくれればいい。部外者の俺にできるのは、ただそう願うことだけだった。

余計なことは口にすまいと決め、数日経ったある日。萌奈は図書室にやってきた。いつもとは様子が違うようだった。頬や目が赤く、まるで涙をこらえているように見えた。

俺におすすめの本とやらを渡し、萌奈は去っていった。取り残された俺はぼんやりとその表紙を眺めていた。

彼女はもう、ここには来ないつもりだろう。なんとなく、そう感じた。

とてつもない虚無感が俺を襲った。他人にこれほど心を乱されるのは、初めてのことだった。

俺は、萌奈のことが好きだったのかもしれない。

気づいたときには遅かった。もう少し早く自分の気持ちに気づき、彼女と語り合えていれば。

結婚をやめさせ、自分のもとに来てくれるよう頼み込むことさえ、今はもうできない。

どうか、幸せになってくれ。

俺は萌奈の文庫本をポケットにねじ込み、図書室をあとにした。俺もしばらくここには来ないだろう。

終業後の静かな職場を離れ、車に乗り込む。そのとき、ポケットから萌奈の文庫本が滑り落ちた。カバーが外れてしまったそれを、身を屈めて取った。

『これは……』

俺は目を疑った。本のカバーの内側に、小さな文字で萌奈のメッセージを見つけたからだ。

『ずっとあなたが好きでした』

まばたきを忘れた。息をするのも忘れそうだった。食い入るように見つめたそれは、遅すぎる萌奈の告白だった。

『バカ……遅いんだよ』

あえて口にしなかったということは、伝えるつもりもなかったということだろう。ただ自分の想いをこの本に託したかっただけなのかもしれない。

胸が握りつぶされるような痛みを感じた。どうしても、萌奈ともう一度話さなければならない。

俺は父に連絡をし、萌奈の電話番号を尋ねた。仕事の用件があると嘘をついて。

父は訝っていたようだが、結局は教えてくれた。

すぐに萌奈に電話をかけた。相手は俺の番号を知らない。出てくれる可能性は低い。祈るようにコール音を聞いていると、七回目でついに電話はつながった。

《……はい》

『綾瀬か。今どこにいる』

《えっと……タクシーの中ですが、なにか》

萌奈の返事が涙声のように聞こえ、胸が締めつけられた。平静を装い、話を続ける。

『今から会えないか』

《えっ……》

『あんな泣きそうな顔をされたら、嫌でも気になるだろう。なにか俺に言いたかったんじゃないのか』

返事はすぐにはなかった。たっぷりと時間をかけ、やっと萌奈の声が聞こえた。

《副社長、あの――》

そのときだった。聞いたことのない衝撃音に、萌奈の声がかき消された。

《きゃっ》と小さな悲鳴が聞こえたような気がしたが、それも一瞬。

『綾瀬？　綾瀬！　どうしたっ、綾瀬！』

返事はない。そのまま、通話は途切れてしまった。

居ても立ってもいられず、俺は父に事情を話し、萌奈の実家とコンタクトを取った。

彼女の両親は急な事故で動転してはいたものの、父の代理として病院に駆けつけた俺を無下に扱ったりはしなかった。

『今検査中なんです。怪我はたいしたことないみたいですが、頭を強く打ったみたいで』

萌奈の母親は泣いていた。その手には彼女のものと思われるスマホが握りしめられていた。

『そうですか。その後変化があれば教えてください。こちらではとりあえず病休として処理しますので、焦らず療養してください』

『副社長にはご迷惑をおかけいたします。申し訳ありません』

丁寧にお辞儀をした萌奈の母親に挨拶をし、その場を辞した。

本心では、彼女が目を開けるまで付き添っていたい。でも、俺と彼女は恋人でも友達でもない。俺がこれ以上いると、彼女の両親に気を使わせるだけだろう。

病院の外へ出た途端、足が止まった。

そういえば、萌奈の婚約者はあの場にいただろうか？

慎重に思い出しても、調査報告書の写真で見た男の姿は記憶になかった。

ぐっと拳を握りしめる。

なにか来られない事情があるのかもしれない。

しかし。もし俺が彼女の婚約者なら、すべてを置いてでも駆けつける。次の日にどんな用事があろうと、目が覚めるまで付き添う。

婚約者という肩書さえあれば――。

喉からせり上がってくる怒りにも似た感情を必死で飲み下し、車に戻った。

その感情が嫉妬だと気づくのに、時間はかからなかった。

萌奈が事故に遭ってから三日目。彼女の母親から連絡があった。

この二日、病室の前まで見舞いに行ったが、面会謝絶とのことだった。病院で萌奈の婚約者に会うことはついになかった。

《やっと意識を取り戻しました。ですけど、少し問題がありまして、仕事への復帰はできそうになく……》

疲れ切ったその声に、目の前が真っ暗になった。問題とはなんだ。頭を強く打ったせいでなにか影響が出たのか。

おそるおそる症状を尋ねると、萌奈の母親は掠れた声で話した。

《それがその……あまり言いふらさないでいただきたいのですが》

『もちろんです』

《実は、ここ数年の記憶がすっぽり抜け落ちてしまったようで。二十歳の頃の娘に戻ってしまったんです》

萌奈の母親も動揺しているのか、日本語が少しおかしかった。

ゆっくり話を聞くと、つまり萌奈はここ五年の記憶をなくしてしまったのだという。

俺はごくりと唾をのみ込んだ。なんということだ。彼女は俺のことも忘れてしまったのか。

《すぐに思い出せるといいんですけど》

萌奈の母親の深いため息が聞こえた。

『そういえば、萌奈さんは近いうちにご結婚されるんでしたよね』

《ええ……よくご存じで》

『差し出がましいとは思いますが、婚約者の方は、今後のことについてどうお考えなのでしょうか』

はあ、と萌奈の母親はまたため息をついた。

無理もない。結婚間近の娘が、婚約者の記憶をなくしてしまったのだ。さぞかし揉めているだろうと思いきや、

《実は、まだ相手方と会えていなくて。あちらは今海外旅行中で、すぐには帰ってこられないらしいんです》

ぷつん、と自分の中でなにかが切れたような気がした。

海外旅行だと。当然連絡は行っているはずなのに、よくもまあ。

行き先がどこかは知らないが、世界中どこにいても三日あれば帰ってこられるのではないか。

的外れな怒りだということはわかっていた。だが許せない。

……いや、待てよ。これは逆に好機ではないのか？

俺は乾ききった唇を舐めた。

『綾瀬さん、お話ししたいことがあるのですが、お時間をとっていただくことは可能でしょうか？』

萌奈の母親も付き添いで疲れ切っているだろうが、チャンスは今しかない。

《ええ……夕方には家に戻りますが》

『では、一緒に夕食でもいかがですか。ご主人も一緒に』

萌奈の今後の仕事をどうするかの相談だと思ったのだろう。綾瀬夫人は了承し、約束のレストランに萌奈の父親とともに現れた。

形式的な挨拶を交わしたあと、早速本題に入る。

『実は……』

俺は堺の身辺調査の結果を包み隠さず綾瀬夫妻に突きつけた。卑怯《ひきょう》な手だと自覚はあった。

『素行がよくないと噂には聞いていたが……まだ若いからといって、許せる範囲を超えている』

萌奈の父親は怒りを抑えているようだった。今までは、もう少し社会人としての自覚が芽生えれば、遊びより仕事に身を入れるようになるだろうとの希望を持って傍観していたらしい。

『今も海外旅行で不在とか』

『家族全員でフランスにいるそうです』

ということは、婚約者側の家族に萌奈を案じる者は誰もいないということか。

怒りを感じたが、逆に好都合だと自分に言い聞かせた。

『綾瀬さん、ここからは会社のことは関係なく、個人的なお願いなのですが』

『はい？』

『萌奈さんを僕に任せていただけないでしょうか』

突然の申し出に、綾瀬夫妻は目をぱちくりさせた。

『僕は、萌奈さんにひそかに想いを寄せてきました。しかし彼女には婚約者がいると知っていたので、打ち明けることはできなかった』

萌奈への想いを自覚したのはつい最近のことなのだが、それは黙っておいた。

綾瀬夫妻は、俺の言葉を聞き逃すまいとしているようだった。

『それは……今の婚約を破棄し、あなたのもとへ萌奈を嫁がせるということですか？』

『そうです』

うなずくと、萌奈の父親は腕を組んで唸った。

『ここまで事実を突きつけられては、堺氏との縁談はなかったことにするしかないでしょう。しかし萌奈の意思を無視して、すぐにあなたと結婚というのは……』

『鳴宮さんはうちの平凡な娘にはもったいないお方です。そこまでしてもらうのは申し訳ない。萌奈はうちで療養させます』

ふたりとも簡単には了承しない。心から萌奈のことを思っているからだ。しかしこちらも、この機を逃すつもりはない。

『しかし、堺氏は簡単に引き下がるでしょうか？　お嬢さんはとても素直な方です。優しく言いくるめられたら、ほだされてしまうかもしれない』

堺にとって、萌奈は政略結婚の相手として申し分ないだろう。萌奈の病院とのつながりがなくなると、あちらも困るに違いない。

『お願いします。僕は萌奈さんを守りたい。僕に任せてもらえれば、堺氏に知られているご実家より、萌奈さんを安全に保護できるはずです』

『ううむ……』

綾瀬夫妻にとって、堺が萌奈に勝手な接触を図ることは好ましくないはずだ。

『もし萌奈さんがどうしても僕を好きになれないようなら、そのときはすっぱり諦めます。彼女が了承するまで、ご両親がご心配されるようなことはしないと誓います』

『しかし萌奈は記憶を失っていて……』

『だからです。僕と萌奈さんはすでに結婚しているということにしましょう。そうすれば萌奈さんがうちに来ることが自然になる』

『しかし、そんな生活はすぐに破たんする。いくら萌奈がぼんやりしていても、バレる日が必ず来るでしょう』

綾瀬夫妻は頭を抱えた。無理もない。

『ええ、そうですね。でも、お約束します。僕は彼女の信頼を得てみせます。そして彼女を一生幸せにします』

萌奈の父親が、まっすぐに俺を見つめた。俺の真意を必死で探っているようだった。

『萌奈がどうしてもあなたを受け入れられなければ？　偽装結婚が明らかになったとき、あなたはどうするつもりですか？』

『そのときは、俺ひとりが悪者になります。おふたりは俺の口車に乗せられたことにすればいい。萌奈が俺を許してくれなければ諦めて身を引きます』

俺は萌奈に渡された文庫本を、テーブルの上にそっと置いた。綾瀬夫妻はそれに見覚えがあるようで、目を見開いた。

『これ、高校生のときに私が買ってやった本です。そのときはハードカバーだったけど、文庫版も出ていたんですね』

懐かしそうに、綾瀬夫人が目を細める。

『私みたいなおばさんにはなにがおもしろいのかさっぱりでしたけど、あの子はこの話が大好きで……』

『これは事故の直前に、萌奈さんからもらったものです』

綾瀬夫人はおしゃべりをやめた。俺は表紙カバーをそっとめくる。

『この字は、萌奈さんのもので間違いないですか』

身を乗り出した綾瀬夫妻は、じっくりとメッセージを見たあとで、うなずいた。

『あの子、あなたが好きだったんですね。なのに、私たちに遠慮して言いだせなかった……』

涙ぐむ夫人の肩を、萌奈の父親が優しく抱く。

『ならば、私たちが反対する理由はない。ただ萌奈は、今あなたのことを覚えていない。それでもいいんですね？』

『はい』

もう一度、萌奈が俺を好いてくれる保証はない。けれど、きっと大丈夫だと、根拠のない予感みたいなものが俺を突き動かしていた。

『では、協力しましょう。娘をよろしくお願いいたします』

夫妻は頭を下げた。

こうして、俺と夫妻は偽装結婚の段取りを整えることになった。

最速で家具をマンションに搬入し、萌奈の母親に協力してもらい、萌奈が実家で使っていた身の周りのものも運んでおいた。そうしてもともと彼女が住んでいたように繕ったのだ。

彼女との結婚生活は楽しかった。毎日が温かくて、幸せだった。

お互いの心がすぐに近づいていくのを感じられた。

萌奈はたびたび、会社の図書室の場所を尋ねてきた。しかし、なにが記憶を取り戻すトリガーになるかわからないので、図書室には行ってほしくなくて、聞かれるたびにうやむやにごまかした。

結婚写真を撮り、プロポーズをやりなおし……そろそろ、入籍の話をどう切り出そうか考えていた矢先、堺がすべてをめちゃくちゃにしていった。

それも予想できたことではあった。それでも俺は、萌奈が疑いなく俺についてきてくれると過信していた。

結局、俺の嘘は萌奈を苦しめる結果となってしまった。

「どうしたものか……」

萌奈が俺を拒絶すれば、身を引く約束だ。でもこのままでは終われない。

ふとポケットから取り出したスマホを見た。萌奈からの着信はない。メッセージも来ていないだろうと期待をせずにアプリを開いた。

すると、俺が送ったメッセージに昨夜はまったくなかった既読マークがついていた。

俺は背もたれから体を浮かせた。

「電源が落ちていたのか」

すぐに電話をかける。すると、五コールめに遠慮がちな声が聞こえた。

《はい……萌奈です》

本人だ。安堵で大きな息が漏れた。

「萌奈、無事か。今どこにいる?」

《実家にいる。昨夜はごめんなさい。気が動転していて》

「怪我は?　大丈夫か?」

《うん、たんこぶだけ》

後頭部をさする萌奈の姿が目に浮かんだ。

よかった。泣いてもいないようだし、冷静さを取り戻しているようだ。

「すぐに会いたい」

《ん、でも……仕事中でしょ？》

そんなことは関係ないと言いたかった。でもそれでは、堺と一緒になってしまう。

一瞬迷うと、萌奈が先に話した。

《それに私、あなたと話す前に綾人と決着をつける気でいるの》

「なんだって？」

決着。もしや、堺に別れを切り出す気か。

「待て。俺も一緒に行く」

《でも、前みたいにケンカになると困るし》

殴られておいて、なにを言っているのか。まるで危機感のない萌奈にこっちが焦る。

「いや、ダメだ。ひとりで行くな」

《大丈夫。お母さんか誰かについてきてもらう》

お母さんでもダメだろ。非力なお嬢様ばかりでなにが大丈夫なのか。

「萌奈、頼む。俺が行くまで実家で待っていてくれ」

《うん……わかった》
会話が途切れた。彼女が電話を切りそうな気配があったので、こちらから話しかけた。
「萌奈」
《はい》
「今までごめん」
《ん……》
「あとでちゃんと話そう」
好きだとか、愛しているとか、伝えたかった。電話だと嘘くさくなるので、実際に会って伝えようと思った。
たとえ萌奈が怒っていて、この結婚生活をなかったことにしようとしていても。
《うん》
鈴が鳴るような声が聞こえた。
無事でいてくれただけで、じゅうぶんだと思えた。

＊　＊　＊

景虎との通話を終え、ホッと胸を撫で下ろした。彼の態度は、私が記憶を取り戻す前と変わらずに優しかった。

早く会って、好きって伝えたい。

母が作ってくれた昼食を食べ終え、リビングでテレビを見ていてもそわそわと落ち着かない。

「そんなに居ても立ってもいられないなら、仕方ないわね。景虎さんの会社に行ってみたら?」

「いやいや、そもそもずる休みしてるのにそれは無理でしょ」

母はろくに働いたことがない元箱入り娘なので、少し世間ずれしている。

「じゃあ、近くのお店で待っているのがいいわね」

「まあ、それなら……」

会社の就業時間中なら、みんなに見つかることはないだろう。綾人に会いに行くでもなし、ひとりでも大丈夫かな。

いい年してお母さんと一緒じゃないと出かけられないなんて恥ずかしいし。まだま だ頼ってばかりだけど、いい加減親離れしないと。

「じゃあ私、行ってくる」

一旦部屋に戻り、着替えて本棚から文庫本を一冊取り出す。

暇つぶしには本が一番だ。物語に没頭していれば、余計なことを考えないで済む。

「行ってきます」

「ひとりで大丈夫？」

「大丈夫、大丈夫！」

記憶が戻っても、まだ子供扱いだ。母に努めて明るく返し、家を出た。

私は、昨日原田さんたちとご飯を食べたカフェで景虎を待つことにした。会社から近いからだ。

昨日号泣した客だと気づかれると恥ずかしいので、伊達《だて》眼鏡をし、いつも下ろしている髪をゴムでくくった。これなら社員が通りかかっても、すぐには気づかれまい。

店に入ると壁際のカウンターに座り、コーヒーを注文した。これで入ってきた客からは、私の背中しか見えない。

景虎にここで待っていることをメッセージで伝え、文庫本を開いた。腕時計を確認すると、まだ午後三時。

念入りに身支度をしたのだけど、それでも来るのが早かった。景虎が順調に仕事を終えたとしても、会えるまでにまだ二時間はある。

落ち着け。ゆっくり読書をして待とう。

深呼吸して文庫の表紙を開く。

ランチタイムが終わったところだからか、店内はさほど混んでいない。お茶をしている女性ふたりの笑い声が、近くの席から聞こえてきた。

のんびりした午後だなあ……。こんなにのんびりした時間を過ごすの、いつぶりだろう。

序章を読み終えたところで、新しい客が入ってきた。「いらっしゃいませ」という店員の声が背後で聞こえる。

「コーヒーと……」

「あ、私絶対紅茶。と、ケーキも！」

「はいはい」

付き合っている男女のような会話。いったいどんなお客だろうと少し気になった。

いけない、いけない。人間観察をする方はいいけれど、される方は気分よくないよね。

文庫本に意識を戻し、物語を読み進める。が、やけに大きな女性の声が集中を途切れさせた。

「もうさー、そんな面倒くさい女とは別れればいいじゃーん」

さっき入ってきたカップルらしき客だ。その声は不満を露わにしていた。

ん？　別れればいいって、ふたりはカップルじゃないのかしら。

気にしちゃいけないと思いつつ、聞き耳を立ててしまう。

「そんなわけにはいくか。あの大病院の娘だぞ。あれと結婚すれば、俺は一生楽ができるんだからな」

大病院の娘。そのフレーズがやけに耳についた。そして、ものすごく聞き覚えのある声だ。まさか……。

そっと体の向きを変え、うしろの様子をうかがう。視界の端で男女の姿をとらえると、息が止まりそうになった。

そこに座っていたのは綾人だった。女性は知らない人だ。

私はまたゆっくりと、音を立てないように慎重に壁の方へ向きなおった。鼓動が速くなる。どうしてこんなところで会ってしまったんだろう。

「親の会社が最近うまくいっていないからって、焦っているんでしょ」

「そうだよ。あの女と結婚して、病院の役職につけば俺は安泰だからな」

「綾人、医者になんの？」

「なれるか、バカ！　経営の方だよ。名ばかりのな」

鼻から抜けるような女性の声に、強く罵声を浴びせる綾人。

間違いなく、私との政略結婚のことを言っている。

「あの女を手放すわけにはいかないんだよ」

「じゃあ、もっと優しくしたら？　他の女と遊んでないでさ」

他の女と――。彼はろくに仕事をしていないだけでなく、浮気までしていたのか。

綾人の方に私に対する愛があれば、こちらも急な婚約破棄に誠意を持って対応しなくてはと思っていた。が、現実はそうではなかった。

私は完全に、ひとりの女性としてではなく、政略結婚の道具として見られていたんだ。

手の中にあるコーヒーがどんどんぬるくなっていく。私の心も冷えきっていった。

「だからさ、お前の友達の誰かを使って、例の御曹司を誘惑してくれよ。で、あっちの浮気の証拠を逆に突きつけてやるんだ。そうしたら萌奈は俺のもとに帰ってくる」

「えー、めんどー。うちの友達にそういうことできそうな子、いるかなー」

まったく気のない声で返事をする女性。そりゃあそうだ。無関係の人からしたら、面倒くさすぎる提案に違いない。

「金なら払う」

「そりゃあ、それ相応にもらわないと割にあわないけどさー」

「うまくいけば御曹司と付き合って、そのまま結婚できるぞ。玉の輿《こし》だぞ」

綾人の猫撫で声に、嫌悪感がせり上がる。どういう神経をしているんだろう、この人。

「んー、じゃあ夜にお店に行ったら聞いてみるよ」

夜の仕事ということは、彼女はキャバ嬢かなにかだろうか。

「頼むぞ」

「うん。そういえばそのお嬢様を殴っちゃったんでしょ。それは謝ったの？」

「まだだ。連絡がつかない」

ここにいるけどね。全部聞いているけどね。

とはさすがに言えず、小さくなって壁と同化するように努めていた。

冷静になれ。景虎が言った通り、ひとりで対峙しちゃいけない。たとえどんなに腹が立とうと。

「一瞬殺しちまったかと思ったよ」

「それ。結婚したら保険金かけて殺すのもアリなんじゃね？　一生相手の親にへこへこするよりよくない？」

平気で恐ろしいことを笑って話す女性。

「ああ、そっか。それもいいな。両親もまとめて片付けるか」

「それだと疑われるから、嫁だけにしときな」

「お前、意外に悪知恵が働くんだな」

ふたりの押し殺した笑い声が聞こえてきた。

なにが悪知恵が働くだ。それぐらい、誰だって考えつくわよ。っていうか、そもそも結婚する前から相手のことを殺すとか考える人は少ないけどね。

私はコーヒーカップを持って立ち上がった。

「そうだな、あんな全然好みじゃないつまらない女、結婚してしばらくしたらとっと始末して……」

嬉々《きき》として語る綾人の背後に、ゆっくりと近づく。向かいに座っていた女性が私に気づき、口を開けた。

もう遅いわ。なにもかもね。

私はカップを持った手を掲げ、女性が声をあげた瞬間に傾けた。

黒い液体が、綾人のつむじめがけて落ちていく。ボタボタボタと、水が滴る音がした。カップから注がれたコーヒーが、彼の頭から首へ、幾本もの筋を描いた。

「おわあ！」

「なっ、なっ、なにっ⁉」

女性は自分がコーヒーの被害に遭わないようにのけぞり、遅れて事態を察知した綾人はテーブルに置かれたペーパーナフキンで必死に顔を拭う。

「つまらない女でごめんなさいね」

コーヒーまみれの綾人がゆっくりと振り返る。私の顔を見ると、まるで幽霊に出会ったかのように椅子から転げ落ちた。

「も、も、も……」

「私があなたに負い目を感じることなんてなかったのね」

婚約者がいるのに、別の人と深い関係になったことを、一度は悔いた。しかしその必要はまったくなかった。

こんな男のせいで、私は景虎への恋を諦めようとしていた。記憶をなくす前から悩まされてきた。なんてバカらしい。

だって彼は、ひとかけらだって私のことを想っていなかったんだもの。

「殺されたら困るので、あなたとはすっぱり綺麗にお別れします」

「な、なんだと。一方的な婚約破棄だ。慰謝料を請求してやるぞ。このコーヒーで染まった服の分もだ。器物破損罪だ」

綾人は立ち上がり、私を威圧的に見下ろした。

「昨日私に怪我をさせたことを忘れたんですか？　被害届を出してもいいんですよ」

「ぐっ……」

あのとき、ホテルの従業員がはっきりと事件を目撃していた。それに景虎の車には、ドライブレコーダーがついている。私が頭を打った瞬間の映像を記録してあることだろう。

「それをなかったことにしてあげる代わりに、あなたは私と私の実家や家族に関わるのをやめてください。では」

もう一秒でも、綾人と同じ空間にいたくはなかった。大股でレジに近づくと、うしろから足音が追ってくるのがわかった。

「このっ……待てよ！」

綾人だ。慌てていてテーブルにぶつかったのか、食器が床に落ちる音が店内に響いた。

彼は私の手首を掴んだ。まるで、ねじ切ろうとでもしているくらいに強い力で。

「放してっ」

「お客様、暴力は困ります。どうか冷静に」

事態を重く見た店長らしき中年の男性がやってくると、なんと綾人はその人を殴り飛ばしてしまった。

彼がぶつかったテーブルが大きな音を立てて倒れる。他のお客さんの悲鳴が響いた。

「なんだよ。俺が全部悪いのか」

「はあ？」

「浮気されるお前にだって問題があるんじゃねえのかよ。あの御曹司をどうやってたらしこんだかは知らないが、お前みたいなつまらなくてかわいげのない女、すぐ飽きて捨てられるのがオチなんだよ！」

大きな声でがなりたてる綾人は、欲しいおもちゃが手に入らなくて癇癪《かんしゃく》を起こした子供のようだった。リアルな子供よりよっぽどたちが悪い。

「だからって、あなたとは絶対に、絶対に結婚なんてしない！　私が好きなのは、景虎だけなんだから！」

負けないくらい大きな声で怒鳴ると、誰かが私の前に出た。

驚いて目を見張る。そこにいたのは、手足の長いスーツ姿の男性……景虎だった。

彼は大股で綾人に近づき、私の手首を掴んでいた手を離させた。

骨が軋《きし》む音が聞こえてきそうなほど、綾人の腕に食い込む景虎の指。眉間の皺が、彼の怒りを物語っている。

「景虎！　いつからいたの？」

本来なら彼は、まだ仕事中のはずだ。

「この男が大声で怒鳴りだしたときにな」

綾人も驚いたように、目を見開いて固まった。

「俺以外の男が萌奈に触れることは許さない」

綾人は懸命に景虎の手から逃れようと身を引く。景虎がぱっと手を離すと、綾人はその反動で床に尻もちをついた。

「君のような最低な人間にわかってもらわなくてもけっこうだが――」

景虎は私を自分の腕の中に保護し、震える綾人を冷ややかに見下ろした。

「萌奈は俺にとって、最高にかわいい妻だ」

「あ、わ……」

「最愛の妻に暴行を加えられたら、黙ってはいられない。法廷での闘争も辞さないが、君はどうする？」

景虎の本気が伝わったのか、綾人は死人のように顔を土気色にして首を横に振った。

「では、今後一切萌奈と萌奈の家族に接触はしないと、書面を作ってもらおう。近いうち、弁護士を君のもとに遣るから」

「そんなことしなくても、もう、そんな女どうでもいいよ。いらねえよ」

「いいや、あいにく俺は君を信用できるほど、お人よしではないからね。書面がないと安心できない」

ぐうの音《ね》も出ない綾人に背を向けた景虎は、まるで別人のような優しい顔で私をのぞき込む。

「怪我はなかったか？」

「うん」

「あれは君がやったのか」

ちらりと視線を送られ、立ち上がりかけた綾人はビクッと震えた。彼の黄色のアロハシャツには無残な染みができている。

「そう。あまりにバカにされたものだから、カッとしちゃって」

「芸術的な模様だ。最高だよ」

「そこ、褒めるとこ？」

「冗談に決まっているだろう。だからひとりで出かけるなと言ったんだ。逆上させるやつがいるか。まったく、君はおとなしそうに見えて突然大胆な行動をとるんだから」

周りに人がいるのを忘れたように、彼は私を遠慮なくぎゅっと抱きしめた。

「いけない子だ。今後は俺から離れないように」

さっき怒鳴った勢いでしてしまった告白を聞かれていたのかしら。前よりもっと甘ったるくなったような彼の低い声に溺れる。

景虎の背中に手を回して、抱きしめ返した。私だって、もう二度とあなたを離さない。

何度でも

カフェで大騒ぎしたあと、綾人と連れの女性は逃げるように去っていった。

私たちはカフェの店員さんに騒ぎを起こしたことを謝り、店をあとにした。

景虎の車でマンションに向かう途中、私から話しだす。

「そういえばどうしてあんな時間に都合よく現れたの？」

「君が待っていると思ったら、我慢できなくて。仕事を急いで終わらせて来てみたら、修羅場が繰り広げられていた」

彼からしてみれば、あそこに綾人が偶然居合わせたことの方が驚きだったらしい。

それはそうだ。私だって驚いた。

「俺が来なかったら、また殴られていたかもしれない。少しは危機感を持って行動してくれ」

軽く叱られた私はうなだれる。自分でもなんであんな行動をしてしまったのかと後悔している。

「だって腹が立ったんだもの」

私は景虎に、綾人と女性の会話をモノマネしながら説明した。景虎は苦笑してうなずく。

「あいつの人間性は、ずっと前から知っていた。今さら驚きはしないよ」

そうして彼は、長い長い話を始めた。

図書室で出会った私にいつの間にか惹かれていたこと、表紙カバー裏のメッセージに気づいたこと。綾人の身辺調査をしたこと。私が記憶喪失になったとき、両親を説得して、偽装結婚を企てたこと。

「ご両親を責めないでくれ。全部俺が考えたことだ」

車は無事にマンションに到着した。ふたりで玄関を開けると、上田さんが出迎えてくれた。

上田さんは私の姿を見るなり、目を潤ませた。私が家を出ていってしまったのは自分のせいだと気に病んでいたらしい。

「やだ、上田さんは全然悪くないのに」

私が無事に帰ってきたことを喜んで、おいおい泣く上田さん。私は彼女を抱きしめ、背中をさする。

「そうだよ。記憶をなくしているのに、誘われてホイホイ出ていく萌奈が悪いんだ」

「それはもう言わないでよ……」

私の考えなしの衝動的な行動が、みんなに迷惑をかけてしまった。それは申し訳ないと思っている。

気を取りなおした上田さんは、いつも通りのおいしい手料理を用意し、お風呂の準備を終えると、笑顔で帰っていった。

心からホッとした夕飯のあと、景虎は一緒にお風呂に入ることを提案してきた。

私は恥ずかしながらも、了承したものの……。

いざ湯船に入ると、彼を直視できない。代わりに聞きたかったことを尋ねる。

「ねえ、偽装結婚しておいて、私があっさり記憶を取り戻したらどうするつもりだったの？」

両親には、私が嫌がればすぐに実家に返すと言ったようだけど、果たしてそれは本心だったのか。

「実はあまり考えていなかった」

「ええ？」

思わず景虎の横顔を見てしまう。彼は前髪から滴を垂らし、私を見て微笑んだ。

「絶対に、君がもう一度俺を好きになってくれるって確信があったから」

自信満々な態度に、小さく驚く。

「ちなみに根拠は？」

「ない」

「ないの？」

笑ってしまった。自分でも不思議なくらい、自然な笑い声だった。

反響する自分の声を聞いて思う。

私が景虎の妻になるのは、最初から決まっていたことなんじゃないかって。まるでハッピーエンドの物語のように。

「でも、よかった。私、初恋が実ったんだ」

「よかった、じゃない。あんな隠しメッセージ、普通気づくか？　下手したら俺たち、ずっと結婚できなかったかもしれない」

カバー裏の落書きは、気づかれてはいけないはずのメッセージだった。あれが景虎の迷っていた心を押してくれたのだとしたら、私は運命の女神様に感謝する。

ふふふと笑う私の肩に景虎のたくましい腕が回され、どきりとする。

「明日、婚姻届を出しに行こうな」

「はい」

うなずきかけた私の顎をとらえ、景虎が唇を寄せた。濡れたそれが重なると、鼓動が嘘みたいに速くなる。

景虎の唇は深く重なり、私の中に忍び込む。舌を吸い上げられてぼうっとする私の胸に、彼の手が伸びた。

ちゃぷんとお湯が跳ねる音がした。大きな手に翻弄された自分の声が反響する。

「恥ずかしがらなくていい。ま、そこがかわいいんだけど」

声を抑えた私の耳元で彼が甘く囁く。胸の丸みを堪能していた手が、他の場所も平等に愛す。

彼とつながり揺さぶられると、水面が大きく波打った。

お湯の中でのぼせる前に、私はあっという間に絶頂に導かれてしまったのだった。


――一年後。

暗い色が多用されていたマンションは、私の趣味を取り入れ、白とベージュの明るい雰囲気に変わっていた。もともと広い部屋がより広く見えるし、なにより温かみが増した。私は断然今の方が気に入っている。

リビングや玄関のあちこちに、ホテルでの前撮りや、半年前に行った結婚式の写真が飾ってある。

偽物だった結婚が本物になった証に、写真の私たちはとても幸福そうに笑っていた。

うちの両親は安心していたし、景虎の両親も結婚を喜んでくれた。

綾人との婚約は綺麗に白紙に戻り、今彼がどうしているのかは知る由もない。

私は仕事を辞め、今は専業主婦になった。といっても上田さんは相変わらず通ってくれて、足りないところをサポートしてくれている。

ちなみに原田さんには、決着がついた翌日に電話で報告をしたら、まるで自分のことのように喜んでくれた。今度原田さんと、なぜか佐原さんも一緒に食事をすることになっている。今から楽しみだ。

そして、最近になってさらに大きな変化があった。なんと、私のお腹の中に新しい命が宿ったのだ。

喜んだ景虎は、早速色鮮やかな絵本を何冊も購入してきた。お腹の子に向かって読み聞かせをする姿は、かつての冷徹副社長を知る人物が見たら驚愕《きょうがく》するだろう。

私はそっと、まだ膨らんでいないお腹を撫でる。

景虎に渡した本は、まだ大事に書斎に保管されている。この子にいつか、カバー裏の秘密を話す日が来るのかな。

私たちの物語を子供に話す想像をすると、じんわりと胸が熱くなる。それは泣きたくなるくらい幸福な想像だった。

「じゃあ、行ってきます」

スーツ姿の景虎がリビングを横切る。私はそのうしろを玄関までぴったりとついていく。

「行ってらっしゃい」

革靴を履いた景虎は振り向き、私の肩を抱き寄せる。彼は啄《ついば》むような一瞬のキスをし、ニッと口角を上げて微笑んだ。

――ずっと、あなたが好きでした。

私はこの恋を、生涯手放すことはないでしょう。たとえまた頭を強く打って、すべての記憶をなくしたとしても。

この魂に刻まれた恋は、消えることはないのだから。

神様じゃなくて、あなたに誓うよ。

私は何度忘れても、また必ずあなたに恋をします――。

特別書き下ろし番外編

愛しい人

記憶喪失事件が一件落着してから、俺と萌奈はすぐに入籍した。

どちらの両親にも歓迎され、とんとん拍子にことが進んだ。

「結婚式は、三月でどうだろう。そこなら、両家の予定が合いそうなんだ」

「うん、いいと思う」

仕事から帰ってきた俺は萌奈と食事をしながら、式の予定を話し合う。

「半年もあるのか。長いな」

「そんなものじゃない？」

結婚している友達に聞けば、どのカップルも、何カ月もかけて準備している。式場選びだけで数カ月かける人もいるのだから、半年は短い方だろうと萌奈は言う。

俺は身内だけで海外挙式をしたいという思いもあった。しかし立場上、親戚や仕事関係など、招待しなくてはならない客が両家とも多いので、結局国内で行うことになった。

「いや、やっぱり半年は長い」

食べ終わった食器を食洗器にセットしてから、ため息が出た。

「入籍は済ませたんだし、のんびりやればいいじゃない。でも意外だな。景虎は結婚式とか、そういうのあんまり好きじゃないと思ってた」

萌奈は俺が結婚式自体を待ち遠しく思っていると誤解しているようだ。

「他人の結婚式は苦手だな。愛想笑いするのも疲れるし、長い時間座っていなきゃならないし、つまらない芸やスライドを見せられるし」

「けっこう辛口だね……。私は友達の結婚式を楽しむ方だけどな。食事がおいしければそれだけで幸せだし、新郎新婦の衣装は素敵だし、彼らの幼少時代のビデオとかかわいいし」

楽しそうに話す萌奈は、本当に純粋だなと思う。俺には他人の幼少時代のビデオなど、なにがおもしろいのかわからない。

まあ、今まで招かれた結婚式が、仕事関係のものが多かったのが原因かもしれない。さすがに友人の結婚式は、退屈とは思わない。長いな、と思うことはあるけれど。

「自分の式はいいの?」

「ああ。綺麗な花嫁さんが横にいてくれると思うだけで幸せだ」

「またまた……」

萌奈は頬を赤らめてはにかんだ。

彼女は年頃の女性らしく、結婚式を楽しみにしているらしい。それなら俺も、万全の態勢でのぞまなければ。

「あ、お風呂できたみたい。景虎、先に入る？」

お風呂が沸いたというメッセージが簡素なメロディーと一緒に聞こえてきた。萌奈はいつも、俺に先に入るようにすすめる。彼女は夕食後にまったりするのが好きなのだ。紅茶を飲みながら本を読む時間が欲しいらしい。

俺も読書好きなので、ひとりで読書をしたい気持ちはよくわかる。

しかし、俺は物足りなさを感じていた。彼女は欲というものがあまりない。俺は、ひとりの時間よりも萌奈と一緒にいる時間が一分でも長く欲しいというのに。

「俺が半年は長いって言った意味、わかるか？」

キッチンでティーポットを持った萌奈の体を、背後から包み込む。

「はい？」

萌奈は首を傾げる。やはり彼女には、俺の言っている意味がわからないらしい。

緊張した萌奈の体が強張るのがわかる。ティーポットを置いた手が、熱くなっていく。

「結婚式までに妊娠すると、大変だろう？」

「ん？」

「着られるドレスは限られるし、長時間立ちっぱなしも座りっぱなしも体に負担をかける。祝いの酒は飲めないし、つわりで料理も食べられない」

妊婦でも結婚式を挙げる人はたくさんいる。けれど、萌奈にはそうさせたくない。入籍を済ませているので、新婦のお腹が大きくても誰もなにも言わないだろう。それでも一定数、意地の悪い年寄りというものはいる。

体の負担ももっともだが、妊娠中にいらない精神的負担をかけたくないというのが本音だ。

「俺は万全の状態で式にのぞみたい」

「ま、その方が心配は少ないよね……」

萌奈は「今は妊婦さん用のドレスも、かわいいのたくさんあるんだけどね」とぼそぼそ小さい声で言った。

「だから。それまで子供を授かるようなことができないのはつらいなって言っているんだ」

彼女の前に回した手を胸に這わせようとする。が、萌奈は腕でガードしてきた。

どうして拒否する。恥ずかしいだけならいいけど、それでも少し気に入らない。

「たとえば」

わざと萌奈の耳や首筋に息がかかるように囁く。くすぐったいのか、萌奈はかすかに身をよじった。

「このまま君をここで押し倒したり、風呂に連れていって愛し合うのは、リスクが高いだろ？」

わざと彼女に想像させる。キッチンで服を脱がされる自分の姿を。

萌奈の体温が俺の腕の中で、わずかに上昇する。

俺たちは入籍したあと、ほぼ毎晩抱き合うようになった。そのすべてが、俺からの誘いによって成立していた。

すべてベッドの上で、ちゃんと避妊して。丁寧に彼女の緊張をほぐして、いざというときも決して自分勝手にならぬよう、気をつけてきた。

というのも、入籍前に一度風呂でしたことがあり、そのとき萌奈がのぼせてしまったからだ。初めてのときより夢中になってしまった自分に反省したし、萌奈にも『いきなりああいうのはちょっと……』と苦言を呈された。

あれ以来は勢いや雰囲気に任せて……ということはなかった。

無論、萌奈からオファーがあったこともない。物足りなさはそこから来ているのかもしれない。

俺はまだ、萌奈に愛されているという実感が薄い。

「君があまりにかわいいから、無性に裸で愛し合いたくなるときがある」

裸でということは、服以外にも余計なものはなにもまとわずに、ということだとわかってもらえるだろうか。

もう入籍しているし、なによりお互いに愛し合っているのだから、妊娠してもなんの問題もない。けれど、萌奈のためには結婚式まで我慢した方がいい。理性と欲望の間でせめぎ合う自分がいる。

「え、ええと……」

なんとなく意味はわかったが、どう返事をしたらいいのかがわからない、という萌奈の心の声が聞こえてきた気がした。

萌奈にももっと積極的になってほしいというのが本音だが、箱入り娘で男性に免疫がなかった彼女に望みすぎるのも酷な話だろう。

「……というのは冗談じゃなく本気だが、もう少し我慢しよう。式が終わったら、覚悟しておけよ」

俺は萌奈から手を離し、頭をクシャクシャと撫でて早歩きで去った。

はっきり言おう。俺はもっとガツガツと萌奈と愛し合いたい。だけど、ガツガツしすぎて引かれたくはない。

「暴走しないようにしよう……」

俺は脱いだものを洗濯機に放り込み、広い湯船にゆっくり浸かった。

俺のあとで風呂に入った萌奈が寝室にやってきたとき、すでに身構えているのがわかった。

わかりやすく緊張した顔に、苦笑してしまう。いったい、どんなプレイをされると思っているのやら。

「ほら、おいで。今日は疲れた。早く寝よう」

そう言ってベッドに誘うと、萌奈はあからさまにホッとした顔をした。

そこは少しくらい、残念そうにしてほしいものだ。内心そうは思ったものの、態度には出さないように気をつける。

萌奈はベッドに入った途端、「じゃあ電気消しますね」とサイドテーブルに置いてあるリモコンで照明を暗くし、俺に背を向けて横になってしまった。

……もしかして、萌奈は俺とそういうことをするのがあまり好きじゃないのかもしれない。

突然気づいた俺は、あまりに恐ろしい予想に体が震えた。

いやいや、まさか。プロポーズ後に初めてしたときも、記憶を取り戻したあと風呂でしたときも、それほど嫌がっている風ではなかったじゃないか。

動揺して大きくなる鼓動を抑えようと、俺も萌奈に背を向けて横になった。

落ち着け、落ち着け俺。

萌奈は毎回、気持ちよさそうな顔をしているじゃないか。

……しかし、声は少ない。なにか聞いても、うなずくか首を横に振るかで、発言をしたことはほぼない。

もしかして、俺、下手くそなのでは。

萌奈は俺が初めてだから、最初の頃はよくわからなかったけれど、慣れてきた今、物足りなく感じ始めているのかもしれない。

正直、萌奈の前にも何人か付き合った女性はいたが、萌奈ほど夢中にはならなかった。いわゆる草食系と思われるほど、そういうことに興味は薄かった。

萌奈にだけこんな悶々とした思いを抱えているというのに。

これでは、若いときにもっとやりこんで修行を重ねておいた方がよかったというのか。あんまりじゃないか。

面と向かって下手くそだと言われたわけでもないのに、妄想が暴走を始める。

「なあ、萌奈……」

「はい？」

呼びかけると背後の萌奈が振り返る気配がした。

「いや、なんでもない」

聞けるわけがない。聞いたって、萌奈は優しいから『そんなことないよ』としか言わないだろう。

「えー、なんでもないの？」

背中をつんつんとつつかれたが、俺は振り向かなかった。

「うん」

「そっか。おやすみ」

俺が考え込んでいると、背後からすうすうと小さな寝息が聞こえてきた。

萌奈に拒否されているなど、ただの被害妄想だ。そう自分に言い聞かせ、まぶたを閉じた。

明くる日から俺は、萌奈を抱く頻度を減らした。臆病者と言われればそれまでだが、彼女が乗り気でないことを毎晩するのもどうかと思ったからだ。

そうして一週間後の土曜日、俺たちは結婚式場の見学会に来ていた。

「あ～、やっぱり素敵な式場。私、こういう木造っぽいのが好きだな」

披露宴会場とチャペルが完全に別の建物になっている式場は、萌奈が結婚情報誌を見て選んだものだ。

他にも多数のカップルがおり、参加者は先に披露宴会場でランチを済ませた。実際に披露宴で出される料理を試食したのだ。味はまあまあだった。

そのあとぞろぞろと移動して、今はチャペルを自由に見学しているところである。

木造風のチャペルは歴史を感じさせるが、実は建設から何年も経っていない。アンティーク風の建物だ。よくできている。

海が見えることを売りにした式場や、こじんまりとしたガーデンウエディングを売りにした式場など、その種類は多岐にわたる。見れば見るほど、なにが正解なのかわからなくなるので、どこの式場を見学に行くかは、萌奈に決めてもらうことにした。

俺自身には絶対にこれがいいというこだわりはないので、萌奈がやりたいようにやってもらうのが一番だ。

「うん。あのステンドグラスは素晴らしいな」

「でしょう？　ああでも、有名遊園地の結婚式もいいよね。迷うなあ」

有名遊園地の結婚式とは、おとぎ話の世界を題材にした巨大テーマパークのオフィシャルホテルで行う結婚式のことである。俺も萌奈から聞いて初めてそのようなものがあることを知り、先日見学に行ったばかりだ。

そのテーマパークは全国的に有名で、日本に住んでいて知らない者はないだろうと思われる。

テーマパークの王という立ち位置のネズミのキャラクターのぬいぐるみが……いや、ぬいぐるみと言ってはいけないらしい。とにかくネズミ王が、ネズミ王妃とともに結婚証明書を書くときに立ち合ってくれるのだ。

披露宴の演出も凝っていて、振る舞われる料理にはネズミ王の顔型にくりぬかれた食材が使われたり、他キャラクターをイメージしたカクテルやドリンクが用意される。

さらに、ぬいぐるみ……もとい、キャラクターたちが歌やダンスで結婚式を盛り上げてくれるのだそうだ。ちなみに参加するキャラクターも、新郎新婦の希望で選べる。

極めつけは、おとぎ話の世界を模した衣装だ。アニメ映画化されたおとぎ話の王子が着ていた軍服のような衣装を、新郎が着ることになる。

女性のドレスはかわいらしいが、俺はこのコスプレのような軍服タキシードを着ることに少し抵抗を覚えた。

といってもこれもオプションなので、絶対に着なければいけないということはない。

「あっちは絶対に、ゲストが楽しめるんだよ。でも、お年寄りは興味ないかな。普通の式がいいかな」

チャペルから出たあとも真剣に悩む萌奈。

「どっちでもいいよ」

さて、このあと披露宴ではどのような演出ができるのか、ドレスはどんなものがあるかなどの説明を聞かなければならない。

仲良く寄り添い歩くカップルたちに続いて数歩足を進めると、ついてくるべきもうひとつの足音が聞こえないのに気づいた。

振り向くと、萌奈が頬を膨らませて立っていた。まるでリスだ。

「どうした？」

「……いいえ、別に」

とは言いながら、明らかに不機嫌な表情で俺を追い抜いていく萌奈。

しまった。なにがいけなかったのかわからないが、怒らせてしまったようだ。

「なあ、萌奈」

「あとにしましょう。他の方も大勢いらっしゃるので」

出会った頃のようなよそよそしい敬語でそう言うと、萌奈はスタスタと行ってしまった。

そのあとの説明会は、俺たちだけまったく盛り上がっていなかった。テーマパークのホテルで話を聞いていた萌奈とはまるで別人。まるでお通夜に参列しているようだった。

テーマパークでは、始終目をキラキラさせ、頬を紅潮させていた。キャラクターやドレスの写真を見てはしゃいでいた。

この式場はダメなのか。それとも、大勢で行う説明会が気に食わないのか。あるいは、俺が彼女の気に障ることを言ってしまったのか。

油断したら一気にため息が出そうだ。

でもここでため息を漏らしたら余計に空気が凍りつくことくらいはわかるので、必死に我慢してその場を乗り越えた。

「どこかに寄ろうか？　大型書店に行きたいって、この前言っていただろ」

説明会を終えて車に乗り込む。明るい表情を心がけて聞いてみたが、萌奈は首を横に振っただけ。

「夕食はなにか買って帰ろうか。それとも、一度帰ってから外食する？」

「今お腹いっぱいだから決められない」

精一杯気を使ったつもりなのに、萌奈の返事は素っ気ない。

他人と暮らすということは、それなりに気を使う。そんなのわかりきっているのに、苛立ちを抑えられない。

気に入らないことがあるなら言えばいい。どうして俺ばかり気を使わなきゃならない？

「じゃあいい」

なにを言っても逆効果になりそうなので、自然鎮火を待つことにした。

帰ったら、萌奈は図書室にこもってしまった。なにも言わずに籠城《ろうじょう》されても、どう対処していいかわからない。

俺は気分転換に、自分で夕食を作って食べた。普段萌奈が作らない、シーフードカレー。

腹が減ったら、図書室から出てくるだろう。そのとき食べたければ食べればいいし、気に入らないなら好きなものを用意して食べればいい。

いつもと変わらない手順で料理したカレーは、なぜか味気なく感じた。

ついこの間まで、ひとりでする食事には慣れていたはずなのに。

ちらりとリビングの扉を見る。その向こうに萌奈の気配はなかった。

風呂に入り、ベッドにもぐり込むが、依然として萌奈は図書室から出てこない。

一応、『夕食作ってあるけど』『風呂に入るけど』『もう寝るから』といちいち声をかけてみるも応答はなし。

ああ、疲れた……。

久しぶりに感じる倦怠感に、まぶたまで重くなってきた。

やはり萌奈は、俺をそれほど好きではないのかもしれない。

男性に免疫がなかったことに加え、親の決めた政略結婚に悩んでいた萌奈にとって、図書室でたまに会う俺は、現実逃避にちょうどよかっただけなのかもしれない。

悶々と考え込んでしまう。

このまま結婚生活を続けて、萌奈は幸せになれるのだろうか。俺にはいまだ、彼女の不機嫌の理由がわからないというのに。

いや、萌奈だけじゃない。俺は昔から、人付き合いが下手だった。

俺には誰も、幸せにできないのかもしれない……。


幼い頃……記憶もうっすらと残っている程度の幼少時代は、それなりに楽しくやっていたと思う。同年代の男児と一緒で、なにも考えていなかった。

父も母も、仕事で家にいないとか、遊びほうけて子供を放ったらかしにするとか、ドラマの金持ちのようなことはなかった。

父は仕事が終われば家に帰ってきて、だらしない格好でソファに寝そべってビールを飲んでいた。

母は教育熱心というわけでもなかった。習い事も普通で、習字とそろばんとスイミングをやったくらいだ。

ふたりとも受験にも熱心ではなく、『勝手にやってちょうだい』というスタイルだった。なんの期待も背負わなかった俺は、気楽に勉強して、気楽に部活もして、中学までは本当に気楽に過ごしていた。

そんな俺が変わったのは……いや、周りが変わり始めたことに気づいたのは、高校に入ってからだった。

弁当も財布も忘れた同級生がいたので、一度昼食をおごった。なんの気なしに『別に返さなくていいよ。俺の金じゃないし。これくらいどうってことない』と言ってしまったことがきっかけだった。

俺は、小遣いは俺が稼いだ金じゃないし、父には『困った人がいたら助けろ』と言われたからその通りにしたまでだと言いたかったのだが、言葉が足りなかった。

その後、どこからか俺の父が経営者だという噂が広まった。

彼らは最初、うちの会社のCMソングを歌ったりして俺をからかった。相手にしなかったのに、彼らはやたらと絡んできて、一緒に遊ぼうと誘ってきた。

カラオケに行こう、ボーリングに行こう、女子も誘って遊園地へ行こう。

俺はすぐに、彼らが金目あてで自分に近づいてきていることがわかった。

すっと心が冷えていくのを感じた。もう俺も周りも、なにも考えずに一緒に遊べる子供ではないのだと実感した。

昔は、医者の子供も警察官の子供もサラリーマンの子供も、みんな一緒にドッジボールやサッカーをしたものだ。そこに親の職業の垣根はなかった。

たまたま俺がそのとき友達に恵まれていただけかもしれない。そして高校生になった今、たまたま恵まれなかっただけなのかもしれない。

俺は周りの思惑に気づけるくらいは大人になっていたけど、それを許容し、笑い飛ばせるほどではなかった。

素っ気なく誘いを断っていたら、『あいつは金持ちで気取っている』と陰口をたたかれるようになった。

ただ、なぜか女子からはそれからも頻繁に誘いを受けた。告白されることもあった。ほとんど話したこともない女子から告白されても、実感が湧かなかった。どうして俺のことを好きだなどと言えるのだろう?

この子たちもみんな、俺の実家の金が好きなのかもしれない。

被害妄想に陥っていた俺は、それらもすべて断っていた。それがますます、男子の反感を買った。

気づけば、俺の周りから人がいなくなっていた。

別に、そんなどうでもいい人間関係を取り繕いたいとは思わなかった。

単に俺が人間を見る目が変わってしまった出来事だった。

そのときから俺は、もともと好きだった読書にますますのめり込むようになった。

読書をしていれば、現実の憂鬱を忘れることができた。

それ以来、高校でも大学でも、心を許せる友人は数人しかいなかった。それでもいい方だと俺は思う。

経営者の息子として、父の支えになりたいと思い、勉強に打ち込んできた。周りから見たらつまらないやつだっただろう。

必死だった俺は、大学を首席で卒業した。社会人になり数年後、俺は副社長に任命された。

小さな資料室を充実させ、図書室にしたのは俺だ。医療系の文献を置いたそこに来る社員はごく少数に限られていた。

考えてみれば、ネットでなんでも調べられる世の中だ。新聞も書籍も漫画も、スマホで読める。わざわざ図書室に来なくても、必要な情報を集めることは可能なのだ。

ほぼ俺のプライベート休憩室と化した図書室に、ある日ひとりの女性社員が足を踏み入れた。

『あ、あのう……お邪魔していいですか？　ここ、図書室だって聞いて……』

おそるおそる顔を出した女性社員は、小さな声で言った。

『もちろんだ。ただし、業務で資料が必要な場合以外の利用は、休憩時間か終業後に限る。仕事をサボるなよ』

『はい！』

利用の許可をもらったことがそんなに嬉しいのか、彼女は元気に返事をした。その声が大きかったので、俺は『しっ』と唇の前に人差し指を立てた。

女性社員の中には、資料を捜しに来たと見せかけ、やたらと俺に話しかけてくる者がたまにいた。しかも、就業時間中に。

副社長はなにを読んでいるんですか。おすすめはどれですか。お休みの日はなにをなさっているんですか。好きな食べ物は？

などなど、およそ図書室とは関係のない話題にいつの間にか移り変わっていく。

高校生のときの記憶がよみがえる。

財産や地位を目あてに、近づいてくるさもしい者たち。

俺は『資料や文献に用がないなら、早く出ていけ』と、彼女たちを追い払った。

そもそも、仕事を抜け出してきているということが気に入らなかった。

俺に話しかけている暇があるなら、自分の仕事を進めてほしい。俺と話したって、身になることなどありはしないのだから。

本を読むフリをしつつ、新顔の彼女の様子をちらりと盗み見る。

彼女はキラキラと目を輝かせ、本棚の間を行ったり来たりしていた。

『こっこれ、貸出はしているんでしょうか』

俺が適当に置いた小説コーナーで足を止めた彼女は、遠慮がちに話しかけてきた。

ここには司書も、学校のような図書委員もいない。

『できるよ。そこのパソコンで、社員番号を入力してログインするんだ』

俺はソファから立ち上がり、彼女を手招きした。彼女は一冊の本を大事そうに持って、パソコンがあるテーブルに近づいた。

『ログインしたら、この機械でバーコードを読み取る』

『はい。できました』

ログイン画面に彼女の名前が表示された。

秘書課・綾瀬萌奈。父の秘書らしい。つややかな髪、丸く大きな瞳に、白い肌。

見惚れそうになった俺を、彼女が見上げた。次の手順を教えられるのを待っているのだ。

『そうしたら、ここをクリックして』

貸出登録を終え、貸出票を印刷したら終了だ。

『これが返却期限。返却するときはこうして……』

ひと通り教えると、綾瀬はすぐに手順を覚えた。本を抱え、こちらににこりと笑いかける。

『ありがとうございました。失礼します』

ぺこりと会釈し、他に無駄な話をすることもなく、あっさりと出ていく。

昼休憩の合間に来たのだろう。どうやら、本当に本が目あてだったらしい。

『……俺も行くか』

腰を上げ、午後の仕事に向かう。

脳裏には綾瀬萌奈の姿がちらついていた。

またいずれ会えるだろう。

このときから俺が図書室に行く頻度が、高くなった。


綾瀬萌奈は、週に一度くらいの頻度で図書室に現れた。いつも決まって昼休憩の時間に、ひょっこりと顔を出す。

主に小説が好きなようだが、たまに医療系の文献を借りていくこともあった。

勉強熱心な秘書だな。なんとなくほんわかしていて、バリバリ働いていそうな雰囲気ではないけど。

『こんにちは、副社長』

綾瀬と俺は、顔を合わせて挨拶を交わすうち、少しずつ会話をするようになった。

そのほとんどは本に関する話題だった。

彼女も幼い頃から本が好きだという話を聞き、好感を持った。綾瀬からは、他の者から醸し出されるさもしい雰囲気が感じられなかった。

綾瀬と会うことが楽しみになってきたある日、ふたりきりの図書室に別の客がやってきた。

『失礼しまーす』

大きな声で挨拶をしたのは、まったく知らない女性社員だった。

綾瀬はなぜか、女性社員が室内に踏み込んだ途端、本棚の陰に隠れてしまった。

『こんにちは副社長。私、商品管理部の名倉《なぐら》といいます』

『はあ』

なれなれしい女性は、長い髪を揺らして近づいてくる。

『ここを使うのは初めてなので、色々教えていただきたいんですけどぉ』

嫌いなタイプだ。

初対面で、ろくに話してもいないのに、すぐに彼女のことを嫌いになった。

『そこにマニュアルがあるから』

貸出操作用パソコンの横に、ラミネートしたＡ４の紙が置いてある。

俺がいないときも対応できるよう、誰にでもわかりやすく手順を示した紙があるといいと言って、綾瀬が作ってくれたものだ。

素っ気なく言った俺に、女性は口をへの字に曲げた。

『えーっとお、人工呼吸器について調べたいんですけどお、そういう本はどの辺りにあるんですか？』

『棚に分類がざっくり書いてあるから見て』

『えー、ちょっと時間がないので、一緒に捜してほしいんですけどぉ』

鼻にかかったような声が、俺の神経を逆なでした。本をパタンと閉じ、腰を浮かせる。

『悪いが、俺は司書じゃない。ここは個人の責任で利用してもらうことになっている。時間がないのなら、あるときに出直すといい』

気分が悪くなった。本当に資料を捜しに来たのなら、俺に大きな声で名乗る必要もない。なにが『一緒に捜してほしい』だ。

女性は顔を真っ赤にして、なにか言いたげに唇を震わせていた。

しかし結局なにも言わず、くるりと踵を返して行ってしまった。

小さな声に、ハッとして振り返る。おそらくすべてを見聞きしていたのであろう綾瀬が、本棚の陰から半分だけ顔を出してこちらを見ていた。

『副社長……』

『どうして隠れたんだ』

『いやあの、なんとなく。誤解されちゃいけないと思って』

綾瀬と俺がここで逢引していると誤解されてはいけないと思ったのか。ありえない。

『ご、ごめんなさい。私も迷惑でしたよね。あれこれ聞いちゃって……』

最初に、俺が貸出手順を教えたことを言っているのだろう。彼女はしゅんとしてうつむいていた。

『いや、君は別に迷惑じゃない。ああいう遊び半分で来る輩が気に入らないだけだ』

『えっ？』

綾瀬は顔を上げ、首を折れそうなくらい傾げた。なにかおかしなことを言っただろうか。

『副社長はどうして、さっきの子が遊び半分で来たとわかったんですか？』

『は？』

今度は俺が首を傾げる番だった。

『私には、そうは思えませんでした。ちょっとなれなれしいような気がしたけど、もしかしたら本当に人工呼吸器について調べたかったのかも』

ぽつぽつと話す言葉が、俺を縛り上げる。黙って立ち尽くしていると、綾瀬は話を続けた。

『ああいうキャラで、ああいう話し方の人なのかもしれません』

『そうかもしれないが……。以前にもああやって近づいてきては、本に関係ない話をしていくやつがいたんだ。付き合ってくれと言われたことも数回ある』

余計なことを言ってしまった。あとで気づいてももう遅い。

綾瀬は目をまん丸くして、俺を見返した。

『数回。副社長、モテるんですね』

『……否定はしない』

とはいえ、彼女たちのうち何人が俺の内面を見てくれていただろう。

あまり知らない相手に告白など、よくできるなと思う。

『でも、彼女もそうだとは限らないじゃないですか』

『じゃあ、もっと親切に相手をしてやれっていうのか？　俺だって休憩中なのに？』

声がトゲトゲしくなってしまった。

こんなことを言いたいわけじゃない。綾瀬を言い負かしたいわけじゃないのに。

『そうじゃなくて。ろくに話もしていないのに、嫌って冷たくするのはどうかと思うんです』

決して強い口調じゃなかった。大声でもなかった。しかし彼女の声は、俺の心を殴りつけた。

――ろくに話もしていないのに。

俺も、彼らと同じだ。見た目や話し方で相手を理解した気になって、自分にとってどういう立ち位置か判断する。俺は、アホな高校生となにも変わらない。

人の上に立って仕事をする立場なのに、俺はどうしてこうひねくれてしまったのか。

『だから冷血サイボーグなんて言われるんです』

『なんだって？　誰がそんなことを？』

『い、いえ、あの』

おそらく秘書課つながりで、うちの秘書からなにかを聞いたのだろう。

社長と副社長の秘書課は別なので、普段の交流は少ないはずだが……参ったな。

『でも、私はそうじゃないと思っています。副社長はただの不器用な人だって、思っています。ろくに話もしたことがないのにアレですけど……』

急にもじもじだした綾瀬は、時計を見てハッとした表情に変わった。

『いけない、休憩が終わっちゃう。じゃあ、また今度！』

『おい綾瀬。本はあった場所に戻せ』

『ああ！　すみませんでした！』

綾瀬は手に持った本を丁寧に戻し、駆け足で出ていった。

すれ違った横顔が赤く染まっているように見えたのは、気のせいだっただろうか。


――ふと目を開けた。

長い夢を見ていたようだ。

そうか、俺は不器用なんだ。器用に生きてきたつもりだけど、実はまったくそうじゃなかった。

自分が傷つけられる前に、相手を遠ざけようとしてきただけなんだ。

背中がやけに温かくて、ゆっくりと体を反転させた。そこには萌奈が、すうすうと規則的な寝息を立てていた。

なぜだかとてもホッとする。

不機嫌な萌奈とうまく距離をとったつもりだった。だが本当は、彼女と衝突するのが怖いだけだったのかもしれない。

彼女を起こさないよう、そっと腕を伸ばして抱き寄せた。

いつものシャンプーの香りを吸い込み、もう一度目を閉じた。


日曜の朝。

起きると、腕の中にいたはずの萌奈がいなくなっていた。

飛び起き、パジャマのままリビングに急ぐ。と、キッチンに立っている萌奈を発見した。

こちらに気づいた萌奈が、ぎこちなく笑う。

「朝ご飯用意するから、着替えてきて」

まるで母親に注意される小さな子供だ。俺はすぐに着替えて戻った。

テーブルの上にはすでに、トーストと目玉焼きが載っていた。座ると、スープとサラダが追加で出された。

「いただきます」

萌奈も席につき、食べ始めた。

「昨日はごめん」

ぼそりと呟くと、萌奈は口の食べ物を飲み込んでから返事をした。

「どうして私が怒ったか、わかってる？」

ぎくりとした。昨日のことをよく思い出しても、原因がわからない。

「ほらあ。そんなことだと思った」

黙り込む俺を呆れた顔で見る萌奈。

「まあ、私もすぐに言えばよかったんだよね。こういうことは嫌です、怒りますって」

苦笑した萌奈は、スープをひと口飲んだ。

「景虎、式場見学で私が悩んでいるとき、『どっちでもいいよ』って言ったのよ」

「えっ？」

どっちでもいい？

どうやら萌奈が式場をどこにするか悩んでいるときに、俺がそう言ったらしい。

肝心の俺はというと、まったく深い意味はなかったせいか、そんな発言をしたことすら記憶にない。

「ひどくない？　どっちでもいいって。私たちの結婚式なんだよ。一緒に考えてほしかったの」

「そんな投げやりな意味じゃない。どっちでも、君の好きな方にすればいいという意味だったんだ」

「違う、違う。それじゃダメなの」

萌奈はふるふると首を横に振った。

「私の希望を叶えようっていう気持ちでいてくれてるのはわかるんだけど、それだけじゃダメなんだよ。私は景虎も満足してくれないと、嫌だよ。だから真剣に考えてほしいの」

そういう理由だったのか。俺の何気ない発言に、突き放されたように感じて怒ったんだ。

彼女は自分の考えを、一生懸命俺に伝えようとしている。俺も昨夜、そうするべきだった。

「そうか。ごめん。じゃあ言わせてもらう。コスプレみたいな衣装は着たくない」

「そう、そういうこと。景虎が我慢して私に合わせるんじゃ意味ないんだよ。よし、テーマパークホテルのコスプレ衣装はやめよう。私もちょっと恥ずかしいと思ってたんだ」

彼女は満足そうに微笑み、ぱくぱくと朝食を食べ始めた。

「そういえば、昨日の海老カレーおいしかった。また作ってね」

かわいいことを、かわいい顔で言ってくる俺の妻。

彼女は不器用な俺に、一生懸命愛を伝えてくれる。

俺も彼女のようにならなくては。そう思った。


朝食をなごやかに食べ終わってから、並んでソファに座る。

式場をどこにするか相談し、あらかた決まったところで萌奈が遠慮がちに口を開いた。

「そういえば景虎も、私に言いたいことがあるんじゃない？」

「言いたいこと？」

と問われても、俺は萌奈に不満もないし、要望もこれといってない。強いて言えば、痩せているのでもう少したくさん食べて、体力をつけてほしいということくらいか。

「だって……」

言いよどみ、萌奈はうつむいた。

「なにを気にしているんだ？」

単刀直入に聞いてみた。すると、萌奈の頬に朱が走った。

「あの……だって……最近、突然あれの……回数が、減ったから」

「ほら、だから……あれの回数だってば……。前は毎日だったのに、数日に一度くらいになって……」

「回数？　なんの？」

やけに恥ずかしそうな萌奈の顔を見ていたら、不意にひらめいた。

「もしや、夜の営みのことか！」

大声で言うと、萌奈はますます恥ずかしそうにうつむいた。

「だから、私のこと嫌いになったのかと思って。それに重なるように昨日の『どっちでもいい』発言だったから……」

そうか。萌奈は怒って不機嫌になっていたのではない。俺の心が離れていっているのではと、思いつめていたんだ。

「違う違う。あまりに毎日求めすぎて、君が嫌な思いをしているんじゃないかと思って」

「私が？」

「だって、君は積極的じゃないから。抱き合いたいのは、俺だけなのかと……」

話の途中で、うつむいていた萌奈が顔を上げた。目に涙が溜まっているのに気づき、どきりとする。

「そんなの……。違うよ。どうしたらいいのかわからないだけだもん」

真っ赤な顔で、萌奈は反論する。

「私が慣れてないから景虎は嫌になっちゃったのかなって。積極的って、まだ私そこまでになれないよ。いつもドキドキして、心臓破裂しそうで、いっぱいいっぱいなんだよ」

「萌奈……」

「景虎に抱かれるのが嫌だなんて思ったこと、一度もない。気持ちよくても、あからさまに反応したら淫《みだ》らな子だって思われそうだし、とにかくどうしたらいいのか、わからなくて」

言っている途中で羞恥心の限界を突破したのか、萌奈は自分の顔を手で覆って、うつむく。

小さくなる萌奈が愛しくて、笑いそうになるのをこらえる。バカにしていると思われてはいけない。

「なに言っているんだ。淫らなことをするときは、淫らになっていいんだよ」

「無理！」

「とにかく、俺たちは両想いだ。なにも心配するな」

肩を抱き寄せ、萌奈のなめらかな額にキスをした。その瞬間、俺の欲望に火が点いた。

「ああ、もうダメだ。我慢できない」

「えっ」

立ち上がり、萌奈を横抱きにして持ち上げた。宙に浮いた萌奈が「ひゃっ」と驚きの声をあげる。

ついさっき起きたばかりなのに、俺は萌奈を寝室へ連れていき、ベッドの上に下ろした。

カーテンを閉めているとはいえ、室内は夜に比べると格段に明るい。

萌奈のきめ細やかな頬も、瞳の色も、普段よりよく見えた。

「さっきも言ったけど、俺は萌奈に嫌がられているんじゃないかと思って、我慢していたんだ」

小さな手を取り、指先にキスをする。たったそれだけで、萌奈の顔はますます赤くなった。

「まさか、今するの？」

「うん。ダメか？」

指から唇へと、キスする場所が移る。すっかり熱くなった自分の体を押しつけると、萌奈の足がビクッと震えた。

「ダメっていうか……明るすぎて」

「ここじゃダメか。じゃあ、風呂にするか。リビングでもキッチンでも玄関でも、俺はどこでもいいんだが」

「なに言ってるの！　変態っ」

ぺしっと額を叩かれた。が、そんなことはお構いなしにキスを繰り返すと、萌奈の体から力が抜けていく。

「本当に嫌なら言わないとわからない。俺は空気の読めない男だからな」

上半身につけていた服を脱ぎ捨てると、萌奈が視線を逸らした。

「嫌じゃないけど、恥ずかしいんだってば……」

俺の体を見ることも恥ずかしいのか、萌奈が手で視界を遮ろうとする。俺はその手を掴み、ベッドに押さえつけた。

「もっともっと慣れていけば大丈夫さ」

「ふええ……」

「淫らになった君もかわいいだろうな。早く見てみたい」

明るい部屋で萌奈の服を脱がせていく。暗いところでしか見たことのなかった彼女の肌の色が、白く浮かび上がる。

裸にした彼女に唇を寄せる。あちこちにキスをするたび、萌奈の体温が上昇していくのがわかった。

いざつながろうとすると、萌奈はぎゅっと目を閉じた。さすがに、いきなりそこまで正視するのは耐えられないらしい。

時間をかけてつながると、萌奈の手が俺の背中に回された。

いつもの彼女とはまったく違う響きの甘い声に酔わされる。いつもより自分の声が大きいことに気づいたのか、口を押さえようとする彼女の手を取った。

「どんな君でも愛してるよ、萌奈」

だからもっと、本音を見せていい。俺も、もっと本気で君と向き合っていくから。

彼女の声に誘われるように、夢中で空間を揺さぶった。

俺たちは何度も何度も、ベッドの上で交わった。どんな夜よりも激しい、日曜の朝だった。

「……信じられない」

萌奈はベッドの上でぐったりとしていた。

行為のあと眠ってしまった俺たちが目を覚ましたのは、夕方だった。

本当なら買い物に行ったり、あれこれと用事があったのに、なにもできなかったと彼女は嘆いた。

しかも勢いでしてしまったため、避妊を怠っていた。彼女の中で果てて、初めて気づいた。

「本当に申し訳ない」

結婚式は万全の態勢で……などと偉そうなことを言っておいて、この体たらく。謝るしかなかった。

「もうっ。しちゃったことは仕方ないけどね、これからは気をつけよう」

「はい」

「どうするの、赤ちゃんできちゃったら……」

俺に背を向けてブツブツ言う萌奈の背中に、そっとキスをして抱き寄せた。

「ちょっと！　反省してる!?」

「うん。ごめん。でも、お母さんになった萌奈もかわいいだろうなって、考えてた」

母親になっても、おばあさんになっても、俺の萌奈はきっと、ずっとかわいい。

「もう……そんなこと言われたら、怒れないじゃない」

萌奈はしばらく、こっちを向いてくれなかった。きっと照れているのだろう。

俺が間違っていたら叱ってくれる人。大事なことを教えてくれる人。かえがえのない、俺の愛しい人。

これからもずっと、俺のことを見ていてくれ。俺も、一生君だけを見つめているから。

うなじにキスをすると、萌奈がくすぐったがって身をよじる。

俺は彼女を離さぬよう、ますます強い力で抱きしめた。


【END】

あとがき

　この度は、この作品をお手にとってくださり、ありがとうございます。真彩-mahya-です。

　冒頭からセクシーな大人の場面で始まるので、書いた本人も大丈夫かとドキドキしておりました。

　今回は記憶喪失のお話です。私もよく記憶がなくなるのですが（ただの物忘れ）、結婚相手や恋人のことを忘れてしまったら、それはそれは切ないことになるだろうなあと妄想したのが始まりでした。

　甘いお話も大好きですが、切ないお話も大好きなのです。ぎゅうぎゅう胸を締めつけられたい。号泣したい。泣くとストレス発散になるので、疲れが溜まると、泣くために泣ける映画をわざわざ見たりします。

　といっても本作はベリーズ文庫なので、そこまで重い話にはならないようにしました。

いつか読者のみなさまを号泣させられるような作品を書ける力量を身につけたいものです。

作品の話に戻りますが、記憶喪失していきなり「あなた結婚してたんだよ」なんて言われたら、驚きますよね。しかも知らない人と。

萌奈はおっとりした性格（しかも旦那はとても大切にしてくれる）なので、混乱しつつも受け入れられましたが、自分だったらパニックになって病院中叫びながら走り回ってしまったと思います。

なかなか現実では起こらない設定なので、蔦森えん様の華麗なイラストとともに、読みながら非日常を楽しんでいただけたら嬉しいです。

最後に、この作品に関わってくださったすべての方々にお礼申し上げます。

そして、この作品を読んでくださった読者の皆様に心からの感謝を捧げます。また次の作品でお会いできることを願っています。

そのときまで、どうか皆様お元気で！

二〇二一年三月吉日　真彩《まあや》-mahya-

真彩 -mahya- 先生への
ファンレターのあて先

〒104-0031
東京都中央区京橋1-3-1
八重洲口大栄ビル7F
スターツ出版株式会社　書籍編集部　気付

真彩 -mahya- 先生

本書へのご意見をお聞かせください

お買い上げいただき、ありがとうございます。
今後の編集の参考にさせていただきますので、
アンケートにお答えいただければ幸いです。

下記URLまたはQRコードから
アンケートページへお入りください。
https://www.berrys-cafe.jp/static/etc/bb

旦那様は懐妊初夜をご所望です

～ワケあり夫婦なので子作りするとは聞いていません～

2021年3月10日　初版第1刷発行

著　者　真彩 -mahya-

発行人　菊地修一
デザイン　カバー　ナルティス
フォーマット　hive & co.,ltd.
校　正　株式会社鷗来堂
編集協力　妹尾香雪
編　集　今林望由
発行所　スターツ出版株式会社
〒104-0031
東京都中央区京橋1-3-1　八重洲口大栄ビル7F
TEL　出版マーケティンググループ　03-6202-0386
（ご注文等に関するお問い合わせ）
URL　https://starts-pub.jp/
印刷所　大日本印刷株式会社

Printed in Japan

ISBN 978-4-8137-1060-8　C0193

ベリーズ文庫 2021年3月発売

『一億円の契約妻は冷徹御曹司の愛を知る』 橘樹杏《たちばなあんず》・著

ウブなOL・愛は亡き父の形見を取り戻そうと大手物産会社会長宅に侵入すると…。御曹司の雅臣に見つかり、「取り戻したいなら俺と結婚しろ」といきなり求婚され!? 突然のことに驚くも、翌日から「新妻修業」と題した同居が始まる。愛のない結婚だと思っていたのに、溺愛猛攻が始まって…!?

ISBN 978-4-8137-1055-4／定価：本体640円＋税

『冷徹ドクターに捨てられたはずが、赤ちゃんごと溺愛抱擁されています』 高田《たかだ》ちさき・著

シングルマザーの瑠衣は、3年前に医師の翔平との子を身ごもったが、渡米を控えていた彼の負担になりたくないと黙って別れを決めた。しかしある日、翔平が瑠衣と息子の前に突然現れる。「二度と離さない。三人で暮らそう」――その日から空白の時間を取り戻すかのような翔平の溺愛猛攻が始まって…!?

ISBN 978-4-8137-1056-1／定価：本体650円＋税

『契約夫婦の蜜夜事情～エリート社長はかりそめ妻を独占したくて堪らない～』 皐月《さつき》なおみ・著

恋愛経験ゼロの超真面目OL・晴香は、ある日突然、御曹司で社長の孝也から契約結婚を持ちかけられる。お互いの利益のためと割り切って結婚生活を始めると、クールで紳士な孝也がオスの色気と欲望全開で迫ってきて…。「本物の夫婦になろう」――一途に溺愛される日々に晴香は身も心も絡めとられていき…!?

ISBN 978-4-8137-1057-8／定価：本体650円＋税

『平成極上契約結婚【元号旦那様シリーズ平成編】』 若菜《わかな》モモ・著

恋愛経験ゼロの銀行員・明日香は父にお見合いを強いられ困っていた。そこで、以前ある事で助けられた不動産会社の御曹司・円城寺に恋人のフリを依頼。偶然にも円城寺と利害が一致し契約結婚することに!? 心を伴わない結婚生活だったはずが、次第に彼の愛を感じるようになり…。元号旦那様シリーズ第3弾!

ISBN 978-4-8137-1058-5／定価：本体650円＋税

『極上社長に初めてを奪われて、溺愛懐妊いたしました』 鈴《すず》ゆりこ・著

美人だが地味な秘書・桃子は、友人にセッティングされた男性との食事の場に仕事で行けなくなった。そこに上司である社長・大鷹が現れディナーに誘われて…!? お酒の勢いでそのまま社長と一夜を共にしてしまった桃子。身分差を感じ、なかったことにしようとするが社長から注がれる溺愛で心が揺れ始め…。

ISBN 978-4-8137-1059-2／定価：本体660円＋税

ベリーズ文庫 2021年3月発売

旦那様は
懐妊初夜をご所望です

『旦那様は懐妊初夜をご所望です～ワケあり夫婦なので子作りするとは聞いていません～』　真彩《まあや》-mahya-・著

箱入りで恋愛経験ゼロの萌奈。ある日、勤務先の御曹司・景虎が萌奈を訪ねてくるが、なんと彼は夫を名乗り…!?　知らない間に二人が結婚していたことを告げられ、思いがけず始まった新婚生活。そして普段はクールな景虎の過保護で甘い溺愛に翻弄される萌奈だが、景虎からは初夜のやり直しを所望され…。

ISBN 978-4-8137-1060-8／定価：本体650円＋税

獣人皇帝は
溺愛
する

『獣人皇帝は男装令嬢を溺愛する　ただの従者のはずですが！』　友野紅子《とものこうこ》・著

没落寸前の男爵家令嬢に転生したヴィヴィアンは、家名存続のため男装して冷徹と恐れられる白虎獣人の皇帝・マクシミリアンに仕える。意外にも過保護で甘く接近してくる彼に胸が高鳴るヴィヴィアンだったが、ある日正体がバレてしまい…!?　彼の沸き起こる獣としての求愛本能に歯止めが利かなくなって…。

ISBN 978-4-8137-1061-5／定価：本体660円＋税

ベリーズ文庫　2021年4月発売予定

Now Printing

『最愛未満～史上最悪のおめでた結婚【元号旦那様シリーズ令和編】』　水守《みずもり》恵蓮《えれん》・著

仕事一筋で恋愛はご無沙汰だった珠希はある日、まさかの妊娠が発覚する。相手はIT界の寵児といわれる俺様CEO・黒須。彼の開発したAIで相性抜群と診断され、一夜限りの関係を持ったのだ。「俺の子供を産んでくれ」と契約結婚を提案されるが、次第に黒須の独占欲と過剰な庇護欲が露わになって…⁉

ISBN 978-4-8137-1070-7／予価600円＋税

Now Printing

『天才脳外科医は新妻を愛し尽くしたい』　佐倉《さくら》伊織《いおり》・著

看護婦の季帆は、ミスを被せられ病院をクビに。すると幼馴染で、エリート脳外科医の陽貴からまさかの求婚宣言をされてしまい…⁉　身体を重ね、夫婦の契りを交わしたふたり。同じ病院で働くことになるが、旦那様であることは周囲に秘密。それなのに、ところ構わず独占欲を刻まれ季帆はタジタジで…。

ISBN 978-4-8137-1071-4／予価600円

Now Printing

『愛憎エンゲージメント』　吉澤《よしざわ》紗矢《さや》・著

エリート御曹司・和泉にプロポーズされ、幸せな日々を過ごしていた元令嬢の奈月。ある日、和泉と従姉との縁談が進んでいると知り、別れを告げると彼は豹変！　奈月につらくあたるようになる。しかし、和泉が妻に指名してきたのは奈月で…⁉　そんな矢先、奈月の妊娠が発覚して…。

ISBN 978-4-8137-1072-1／予価600円＋税

Now Printing

『クールな御曹司は二度目の初恋を逃さない』　宇佐木《うさぎ》・著

シングルマザーとして息子を育てる真希の前に、ある日総合商社の御曹司・拓馬が現れる。2年前、真希は拓馬の子を身ごもったが、彼に婚約者がいると知り一人で産み育てることを決意。拓馬の前から姿の消したのだった。「やっと見つけた。もう二度と離さない」。その日以来、拓馬の溺愛攻勢が始まって…⁉

ISBN978-4-8137-1073-8／予価600円＋税

Now Printing

『極上エリートパイロットに契約結婚を申し込まれました』　未華《みはな》空央《そらお》・著

病院勤務の佑華は、偶然が重なって出会った若きエリートパイロット・桐生と契約結婚することに…⁉ "恋愛に発展しなければ離婚"という期限付きの夫婦生活が始まる。「お前が欲しい」――愛なき結婚だったはずなのに、熱を孕んだ目で迫ってくる桐生。思考を完全に奪われた佑華は、自分を制御できなくて…。

ISBN 978-4-8137-1074-5／予価600円

タイトル、価格等は変更になることがございますのでご了承ください。